KB118359

루시

세계문학전집
203

Jamaica Kincaid : Lucy

루시

저메이카 킨케이드 장편소설

정소영 옮김

문학동네

일러두기

1. 번역 대본으로는 *Lucy*(Jamaica Kincaid, Farrar, Straus and Giroux, 2002)를 사용했다.
2. 각주는 모두 옮긴이주다.
3. 본문 중 고딕체는 원서에서 이탤릭체로 강조한 부분이다.

조지 W. S. 트로에게

차례

불쌍한 방문객

첫째 날. 난 전날 밤에, 추운 검회색 밤에 이곳에 왔다. 그때는 몰랐지만, 1월 중순이었으니 당연했다. 어디나 불빛이 휘황했지만 공항에서 오는 길에 내 눈엔 아무것도 보이지 않았다. 차를 타고 오면서 누군가 유명한 건물과 주요 거리, 공원, 그리고 막 완공된 때에는 대단한 볼거리였다는 다리를 알려주었다. 내가 곧잘 빠져들던 백일몽에서 그 모든 장소는 행복을 의미했다. 물에 빠져 죽어가던 내 어린 영혼의 구명보트였다. 나는 그 장소를 드나드는 나 자신을 상상해보았고, 그것만이, 거듭 드나드는 일만이 이름 붙일 수 없는 반감을 견딜 수 있게 해주었기 때문이다. 나로서는 그 감정이 서글픔과 약간 비슷한데 그보다 더묵직하다는 것 정도만 알았다. 막상 그 장소들을 내 눈으로 보니 평범하고 지저분했고, 실제로 사람들이 수없이 들락거려서 닳아빠진 모습이었다. 공상 속에서 그곳에 붙박여 있던 사람이 세상에 나 혼자일 리가 없겠다는 생각이 들었다. 현실과 마주해 실망하는 일이 이번이 처음도 아니고, 마지막도 아닐 터였다. 내가 입은 속옷은 모두 여행을 앞두고 새로 산 것들이었고, 눈앞에 펼쳐지는 광경을 더 잘 보려고 차 안에서 이리저리 몸을 비틀다보니 새것이 얼마나 사람을 불편하게 하는지 다시금 깨달았다.

승강기를 탔는데, 살면서 처음 타봤다. 곧 아파트 안으로 들어갔고, 식탁에 앉아 냉장고에서 바로 꺼낸 음식을 먹었다. 막 떠나온 고향에서는 늘 주택에 살았고 우리집에 냉장고라고는 없었다. 내가 경험한 모든 일―승강기를 타고 아파트에 들어서고 냉장고에 넣어둔 묵은 음식을 먹는 일―이 얼마나 멋진지 그런 일에 익숙해지고 아주 좋아하게 될 거라고 생각하긴 했지만, 처음에는 워낙 새로워서 입꼬리를 내린 채 미소를 지을 수밖에 없었다. 그날 밤에는 곤히 잠들었는데, 행복하고 편안해서는 아니었다. 오히려 반대였다. 더는 무엇도 받아들이고 싶지 않았기 때문이었다.

그날 아침, 근무 첫날 아침, 첫날 밤에 이은 그 아침은 화창했다. 무엇이든 마치 겁에 질린 듯 가장자리가 말려올라가게 하는, 내게 친숙한 눈부신 노란색 태양이 아니라 빛을 내느라 너무 애를 쓴 나머지 쇠약해진 듯한 창백한 노란색 태양이었다. 그래도 어쨌든 화창해서 기분좋은 날이었고, 덕분에 고향이 덜 그리웠다. 그래서 난 떠오른 해를 보고 자리에서 일어나 옷을 입었다. 고운 무명으로 지은 화사한 옷으로, 고향에서라면 교외로 나들이를 나갈 때 입을 만한 옷이었다. 그러나 잘못된 선택이었다. 해는 환하게 비쳤지만 공기는 찼다. 좌우간 1월 중순이었으니까. 하지만 햇볕이 내리쬐는데도 공기가 차가울 수 있다는 사실을 난 몰랐다. 아무도 그런 말을 해주지 않았다. 얼마나 신기한 느낌인지! 뭐라고 설명해야 할까? 내 피부색이 부드러운 천으로 한참 문지른 견과류의 갈색이라든가 내 이름이 뭔지 아는 것처럼 늘 알았고, 나로선 아주 당연했는데, '햇볕이 내리쬐면 공기가 따뜻하다'라는 것이 사실이 아니었다. 나는 이제 열대지방에 있지 않았고, 그 깨달음이 바짝 말라붙은 땅 위로 물줄기가 흐르듯 내 삶으로 흘러들어와 두 개의 강둑을 만들었다. 한쪽 강둑은 나의 과거였다. 워낙 빤하고 익숙해서, 당시의 불행조차 지금 떠올리니 행복한 마음이 들었다. 다른 하나는 나의 미래였다. 텅 빈 잿빛 공간. 비가 내리고 배 한 척 눈에 띄지 않는, 구름이 잔뜩 낀 바다 풍경이었다. 이제 내가 있는 곳은 열대지방이 아니었고, 몸의 거죽도 속도 다 추웠다. 그런 감각에 휩싸인 것은 처음이었다.

예전에 책을 읽다보면, 이따금 내용 전개상 향수병에 시달리는 인물이 등장하곤 했다. 그다지 좋지 않았던 상황에서 벗어나 다른 곳으로, 그보다 훨씬 나은 어딘가로 간 후에, 별로 좋지도 않았던 그곳으로 다시 돌아가길 갈망하는 것이다. 그런 인물을 보면서 얼마나 짜증스러웠는지 모른다. 내 상황은 별로 좋지 않았고, 나도 다른 곳으로 떠나길 무척 바랐기 때문이다. 하지만 이제 나 역시 떠나온 고향으로 돌아가고 싶은 심정이었다. 이해가 되었고 내 처지가 어땠는지 알았으니까. 그때 내가 떠올린 미래를 그림으로 그렸다면, 아마도 한가운데에 커다랗게 회색이 있고 그것을 둘러싼 검은색이 갈수록 짙어지는 형상이었을 것이다.

내가 살던 고향으로 돌아가고 싶어지다니, 나로서도 얼마나 놀라웠는지. 커버린 내 몸이 다 들어가지 않는 작은 침대에서 잠을 잤으면 하다니. 아주 사소하고 아주 자연스러운 몸짓을 보는 것만으로도 내면에서 엄청난 분노가 솟아올라 모두 내 발아래 죽어 나자빠졌으면 싶던 사람들에게 다시 돌아갔으면 하는 마음이 들다니. 아, 집을 떠나 이 새로운 장소로 오는 단 한 번의 재빠른 행동으로, 내 슬픈 생각, 내 슬픈 감정, 그리고 내 앞에 펼쳐진 삶 전반에 대한 불만을 마치 다 낡아서 다시는 입지 않을 옷처럼 두고 떠나오리라 상상했는데. 예전에는 지금 내 상황을 상상하는 것만으로도 삶의 위안을 얻었지만, 지금은 이것을 설레며 바랄 수도 없게 되었다. 그래서 난 침대에 누워, 분홍색 숭어와 코코넛밀크를 넣어 요리한 초록색 무화과 한 그릇을 먹는 꿈을 꾸었다. 할머니가 해주시던 요리라 그 맛을 보자 정말 기분이 좋았다. 할머니는 내가 세상에서 제일 좋아하는 사람이었고, 그것들은 내가 제일 좋아하는 음식이었기 때문이다.

내가 누워 있는 방은 부엌에 딸린 작은 방이었다. 식모 방. 작은 방이야 익숙했지만, 이 방은 부류가 달랐다. 천장이 아주 높고 벽은 천장까지 닿아 있어서 상자처럼 사방이 막혀 있다. 멀리 운반해야 할 화물을 배에 실을 때 쓰는 상자 말이다. 하지만 난 화물이 아니다. 그저 식모 방에 사는 불행한 소녀였고, 사실 식모도 아니었다. 난 아이들을 돌보고 저녁에 학교를 다니는 여자애였다. 하지만 다들 어찌나 친절하던지, 나더러 한 가족으로 생각하고 편하게 지내라고 했다. 그 말은 진심인 것 같았다. 진짜 가족에게 그런 말을 하는 법은 없으니까. 가족이란 결국 내 삶의 목덜미에 맷돌처럼 매달린 사람들 아니던가? 고향을 떠나기 전날 내 사촌―평생 알고 지낸 여자아이, 부모의 성화에 못 이겨 제칠일안식일예수재림교회 교인이 되기 이전에도 불쾌하기 짝이 없던 아이―이 작별 선물로 자기 성경책을 주면서 하느님과 선과 축복에 대해 짧게 설교를 했다. 지금 그 성경책은 내 앞의 서랍장 위에 있고, 나는 어렸을 적에 둘이서 우리집 건물 밑에 앉아 계시록의 구절을 큰 소리로 읽어가며 서로 겁을 주고 괴롭혔던 일이 떠올랐다. 내가 두고 떠난 그 사람들이, 내 가족들이 이런저런 모습으로 내 앞에 나타나지 않을 날이 평생 단 하루라도 있을까 싶었다.

서랍장 위에는 작은 라디오도 있어서 라디오를 켰다. 그 순간, 마치 그때 내 감성을 집약한 듯한 노래가 흘러나왔다. 가사 중에 이런 대목이 있었다. '내 입장이 되어봐, 단 하루만이라도. 내면의 이 끔찍한 공허를 과연 네가 견딜 수 있을지 보라고.' 자장가라도 되는 양 혼자 이 가사를 여러 번 중얼거리다가 다시 잠이 들었다. 꿈을 꾸었는데, 아이들이 크리스마스트리 장식을 가지고 노는 아름다운 장면이 그려진 내 낡은 면플란넬 잠옷을 손에 쥐고 있었다. 잠옷에 그려진 그 장면이 얼마나 사실적인지 아이들의 웃음소리도 들려왔다. 어디에서 만든 잠옷인지 꼭 알아내야 한다는 생각에 상표를 찾아 맹렬히 뒤지기 시작했다. 대개 그렇듯 뒤쪽에 상표가 있었고, 거기엔 '호주산'이라고 적혀 있었다. 진짜 식모가 깨우는 바람에 꿈에서 깼다. 만나자마자 내가 맘에 안 든다면서 내 말투를 그 이유로 들던 사람이었다. 나는 다른 이유가 있을 거라고 생각했지만, 그게 뭔지는 알 수 없었다. 눈을 뜨자 '호주'라는 단어가 우리 두 사람의 얼굴 사이에 떠 있었고, 호주가 나쁜 사람들을 가둘 셈으로 개척된 곳이라는 사실이 기억났다. 너무 악독해서 자국의 감옥에는 가둘 수 없는 사람들을 가두려고 말이다.

　반복적인 주간 일과는 곧 자리를 잡았다. 난 어린 여자애 넷을 걸어서 학교에 데려다주고, 정오에 아이들이 돌아오면 깡통에 든 수프와 샌드위치로 점심을 차려주었다. 오후에는 책을 읽어주고 함께 놀아주었다. 아이들이 없을 때면 내 책을 보고 저녁에는 학교에 갔다. 난 불행했다. 지도를 들여다보았다. 고향과 나 사이에는 대양이 가로놓여 있었는데, 대양이 아니라 한 잔밖에 안 되는 물이라 한들 뭐가 달랐을까? 돌아갈 수는 없었다.

　바깥은 늘 추웠고, 다들 살면서 이렇게 추운 겨울은 처음이라고들 했다. 하지만 말하는 투로 봐서 매년 겨울이 올 때마다 그런 말을 하는 듯싶었다. 하지만 매년 겨울 날씨가 얼마나 음산하고 쌀쌀맞았는지 제대로 기억도 못하느냐며 사람들을 탓할 수는 없었다. 미동도 없는 앙상한 가지를 달고 선 나무들은 죽은 것처럼 보였다. 누군가 나중에 와서 가져갈 요량으로 막 그 자리에 놓은 것처럼. 오래도록 집을 비울 때처럼 창문은 다 꼭꼭 닫혀 있었다. 거리를 걸어가는 사람들은 은밀하게 무슨 짓이라도 하는 듯이, 다른 사람의 관심을 끌기 싫다는 듯이, 추운데 오래 나와 있으면 몸이 녹아 사라지기라도 하는 듯 종종걸음을 쳤다. 누구라도 모퉁이에서 서성거리며 내 관심을 끌기를, 내게 말을 걸기를 얼마나 바랐는지. 하느님은 올곧거나 그렇지 않거나 모두에게 사랑과 자비를 내린다며 누군가 혼자 불평하는 소리를 우연히 듣게 되기를 얼마나 바랐는지.

　집에 보낸 편지에는 만사가 아주 근사하다고 썼다. 새틴 리본이 달려 있고, 퀼트로 만든 하트와 장미 문양이 있고, 받는 사람에게 무척 소중한 물건이 될 터라 제작자가 앞면에 보호용 플라스틱 덮개를 씌우기도 한 그런 연하장에 나올 법한 삶을 사는 양 온갖 미사여구를 동원했다. 내 편지를 받고는 다들 소식을 들어서 너무 기쁘다고, 내가 잘 지낸다니 정말 잘됐다고, 너무 보고 싶다고, 내가 돌아올 날을 손꼽아 기다린다고 했다.

하루는 말투 때문에 내가 마음에 안 든다고 했던 식모가 말하길 내가 춤을 못 출 것이 뻔하다고 했다. 말하는 것도 수녀 같고, 걷는 것도 수녀 같고, 어딜 보나 경건하기 짝이 없어서 구역질이 치민다고, 너무 불쌍해서 보기만 해도 역겹다고 했다. 그러고는 내가 불쌍해서인지, 분명 춤을 못 추겠지만 그래도 함께 춤을 추자고 했다. 내 방에는 뚜껑을 닫으면 화장품함처럼 보이는 작은 휴대용 전축이 있었다. 그녀가 그날 사온 음반 하나를 전축에 얹었다. 당시 아주 인기 많던 노래였다. 내 또래 정도 되는 소녀 셋이 화음을 넣어, 진정성 없는 몹시 가식적인 투로 사랑 타령을 했다. 그래도 여하튼 무척 아름다운 노래였고, 진실하지 않고 아주 가식적이라 아름다웠다. 그녀는 신이 나서 목청껏 노래를 따라 불렀다. 춤도 얼마나 멋지게 추는지 몸놀림이 놀라웠다. 난 함께 춤을 출 수 없었고, 이렇게 핑계를 댔다. 노랫가락이 너무 얄팍하고 가사도 무의미한 것 같다고 말이다. 얼굴 표정으로 상대가 내게 느끼는 감정이라고는 아주 역겹다는, 딱 그 감정뿐임을 알 수 있었다. 그래서 난 나도 부를 줄 아는 노래가 있다고 하고는, 트리니다드섬의 포트오브스페인으로 도망가서 후회하는 마음이라고는 없이 신나게 지낸 여자에 관한 칼립소 노래를 불렀다.

내가 사는 집에는 부부와 네 딸이 있었다. 부부는 생긴 게 닮았고 아이들도 부모를 쏙 빼닮았다. 집안 여기저기에 놓아둔 사진을 보면, 서로 다른 크기의 금발머리 여섯이 보이지 않는 끈으로 묶어놓은 꽃다발처럼 옹기종기 모여 있다. 세상을 향해 미소 짓는 사진 속 모습을 보면 그들에게 세상만사는 더할 나위 없이 멋지다는 인상을 받는다. 게다가 억지로 지은 미소도 아니다. 안 가본 곳 없이 세상을 돌아다닌 것 같은데, 어디에서나 작은 기념품을 가져왔고, 당시 있었던 일을 각자 처음부터 끝까지 다 읊을 수도 있었다. 잠깐 비가 내릴 때면 그들은 허공에 줄무늬를 그리는 빗줄기에 감탄하기도 했다.

저녁식사 시간에 식탁에 앉으면―감사 기도는 안 해도 되었다(얼마나 다행인지. 그들이 믿는 하느님은 돌아설 때마다 감사를 표하지 않아도 되는 분인가보았다)―그들은 서로에게 좋은 말을 해주고 아이들은 아주 행복해 보였다. 음식을 흘리거나 아예 안 먹기도 했고, '냄새 고약해'라는 말로 운을 맞춰 노래를 짓기도 했다. 그런 아이들을 보며 얼마나 웃었는지. 그러면서 내 부모는 그런 말을 떠올린 것만으로도 호되게 혼을 냈을 테니 나는 얼마나 다른 부모를 두었나 싶기도 했다. 난 아이를 낳으면 아이가 맨 처음 입 밖에 내는 말이 나쁜 말이 되도록 하겠다고 다짐했다.

그들이 나를 '방문객'이라고 부르기 시작한 것은 이 집에서 산 지 얼마 지나지 않은 어느 저녁식사 자리에서였다. 내가 자신들과 함께하는 것 같지 않다고 했다. 한집에서 사는 것 같지 않고, 자신들을 한 가족으로 여기는 것 같지 않고, 그냥 거쳐가는 사람 같다고, 길게 '안녕'이라고 하고는 곧 잽싸게 '잘 있어! 그동안 즐거웠어!' 그러고 가버릴 것 같다면서. "밥 먹을 때 우리를 뚫어지게 바라보는 네 모습만 봐도 그래." 루이스가 말했다. "가늘게 썬 그린빈을 포크로 잔뜩 찍어서 입에 넣는 사람 처음 봐?" 이 말에 머라이어가 웃었다. 루이스가 무슨 말을 하건 머라이어는 즐거워하며 웃었다. 하지만 난 웃지 않았고, 루이스가 걱정스럽게 나를 바라보았다. "불쌍한 방문객이라니까, 불쌍한 방문객." 그는 동정어린 말투로 그렇게 여러 번 말하더니 자기 삼촌 이야기를 들려주었다. 캐나다에 가서 원숭이를 길렀는데, 이내 원숭이에게 푹 빠져 늘 원숭이와 지내다보니 인간들을 못 견디게 되었단다. 이 삼촌 이야기는 전에도 들은 적이 있었고, 이번에 그의 이야기를 또 듣고 있자니 전에 꾼 꿈이 떠올랐다. 루이스가 집 주위에서 나를 쫓는 꿈이었다. 난 몸에 실오라기 하나 걸치고 있지 않았다. 내가 뛰어다니는 땅바닥이 옥수숫가루가 깔린 것처럼 노랬다. 루이스는 집 주위를 빙빙 돌며 계속 나를 쫓아왔는데, 꽤 가까워지기도 했지만 절대 나를 따라잡지는 못했다. 머라이어는 열린 창문가에 서서 "잡아, 루이스, 걔를 잡아"라고 말했다. 결국 난 어떤 구덩이에 빠지고 말았는데, 바닥에 은색과 푸른색 뱀들이 있었다.

루이스가 이야기를 끝냈을 때 난 꿈 이야기를 들려주었다. 내가 말을 마치자 두 사람은 모두 말이 없었다. 그러더니 함께 나를 바라보았고 머라이어가 헛기침을 했다. 기침하는 품을 보니 정말 목에 뭐가 걸려서 그러는 게 아니라는 것이 확실했다. 두 금발머리가 서로에게 가까워지더니 동시에 끄덕거렸다. 루이스가 혀를 쯧쯧 차더니 "불쌍한 것, 불쌍한 방문객"이라고 말했다. 그리고 머라이어가 "방문객에게 프로이트 박사가 필요하겠다"고 했는데, 난 프로이트 박사가 누군지 몰랐으므로 왜 그런 말을 하는지 알 수 없었다. 두 사람은 상냥하고 부드럽게 웃었다. 그들에게 내 꿈 이야기를 들려준 것은 내가 그들을 받아들였다는 것을 알려주고 싶어서였다. 내 꿈에는 내게 아주 중요한 사람들만 나오기 때문이다. 그들이 그걸 이해했는지는 알 수 없었다.

머라이어

　3월 초 어느 날 아침에 머라이어가 내게 말했다. "넌 봄을 본 적이 없지?" 다 알고 묻는 거라 대답은 들을 필요도 없었다. '봄'이 친한 친구라도 되는 듯한, 큰맘 먹고 오랫동안 먼 길을 떠났다가 곧 돌아와 뜨거운 재회의 기쁨을 안겨줄 그런 친구라도 되는 듯한 말투였다. 그녀가 말했다. "수선화가 땅 위로 솟아오르는 모습을 본 적 있어? 엄청나게 많은 꽃들이 활짝 피어서는 산들바람이 불어오면 앞쪽으로 길게 펼쳐진 잔디를 향해 꾸벅 절을 해. 그런 거 본 적 있어? 그 광경을 볼 때마다 나는 살아 있다는 게 참 기뻐." 그 말을 듣고 난 생각했다. 그러니까 머라이어는 산들바람에 몸을 숙이는 꽃을 보면 살아 있는 게 기쁘구나. 어떻게 사람이 저럴 수가 있지?

　열 살 때, 퀸빅토리아 여학교에 다닐 때 내가 암송해야 했던 옛날 시하나가 떠올랐다. 그 시를 처음부터 끝까지 다 외워서, 강당을 꽉 채운 학부모와 선생님과 학생 들 앞에서 전문을 암송해야 했다. 암송을 끝내자 다들 자리에서 일어나 얼마나 열광적인 박수갈채를 보내던지 깜짝 놀랐다. 나중에 사람들이 말하길 내가 시어 하나하나를 정말 멋지게 발음했다고, 꼭 필요한 곳마다 딱 알맞게 강조를 해가며 낭독했다고, 이미 오래전에 세상을 뜬 시인이 내 입에서 울려나오는 자신의 시구를 들었다면 정말 뿌듯해했을 거라고 했다. 당시 내 양면성은 극에 달해 있었다. 그러니까 밖으로 보이는 모습과 내면의 모습이 달랐다. 겉모습은 가짜이고 내면이 진짜였다. 그때도 겉으로는 겸손과 고마움을 담아 기쁨의 탄성을 내질렀지만, 속으로는 내 마음에서 그 시를 한 줄 한 줄, 단어 하나하나 남김없이 모두 지워버리겠다고 맹세했다. 시를 암송한 그날 밤, 꿈을 꾸었고 꿈은 한없이 이어지는 듯했다. 내가 마음속에서 지워버리겠다고 다짐한 바로 그 수선화들이 수없이 다발을 지어 자갈 깔린 좁은 길을 따라 나를 쫓아왔다. 마침내 내가 기진맥진해서 쓰러지자 꽃들이 내 위를 덮쳤고 난 그 아래 깊숙이 파묻혀 다시는 모습을 드러내지 못했다. 머라이어가 수선화 이야기를 꺼내자 잊었던 그 모든 일이 다시 떠올랐고, 그 이야기를 하며 내가 얼마나 분노에 떨었는지 우리 둘 다 놀라고 말았다. 가까이 붙어서 있던 우리는 내 말이 끝나자마자 한순간의 망설임도 없이 동시에 뒤로 물러났다. 그저 한 걸음이었지만 나에게는 나 자신도 인식하지 못했던 어떤 것이 저지당한 느낌이었다.

머라이어가 손을 뻗어 내 뺨을 쓰다듬으며 말했다. "살아온 역사가 대단하구나." 그 말에 약간 부러움이 담겨 있는 것 같아 내가 말했다.

"원하시면 얼마든지 가지셔도 돼요."

이후 머라이어는 매일같이 "봄이 오기만 하면"으로 말문을 뗐고, 그 뒤로 얼마나 많은 계획이 줄줄 이어졌는지 짧은 봄 한철에 저걸 다 어떻게 하려나 싶었다. 다 같이 도시를 떠나 오대호 근처에 있는 별장으로 갈 거라고 했다. 어렸을 때 여름마다 그곳에서 지냈다고 했다. 굉장한 식물원에 갈 거고 동물원도 갈 거라면서 봄나들이하기 정말 좋은 곳들이라고, 아이들도 좋아할 거라고 했다. 때 이르게 갑자기 날이 따뜻해지면 공원에 소풍을 갈 거라고 했다. 봄기운이 가득한 초저녁에 산책 나가는 일, 그걸 나와 꼭 해보고 싶다고, 마법 같은 봄하늘을 보여주고 싶다고 했다.

봄이 시작된다는 그날 세찬 눈보라가 찾아왔고, 그날 하루에만 겨우내 왔던 눈보다 더 많은 눈이 내렸다. 머라이어는 나를 향해 어깨를 으쓱해 보였다. "늘 이렇다니까." 그렇게 말했는데 아는 사람에게 막 배신이라도 당한 투였다. 난 웃어주었지만, 사실은 정말 알 수가 없었다. 어떻게 날씨가 마음을 바꾸었다고, 날씨가 자기 기대에 어긋났다고 비참한 기분에 빠질 수 있지? 사람이 어떻게 그렇지?

정도는 달라도 여전히 추운 날씨가 이어지는 동안, 난 가족과 친구들이 보낸 편지로 가슴이 타들어가는 채 돌아다녔다. 어디를 가든 그 편지들을 브래지어 안에 넣고 다녔다. 사랑과 그리움에서 그런 게 아니었다. 오히려 그 반대였다. 증오심에서 그랬다. 원래 사랑과 증오는 나란히 공존하니, 전혀 이상한 일은 아니지 않나? 편지를 보낸 사람들은 모두 한때 내가 조건 없이 사랑했던 사람들이었다. 얼마 전에 난 예의

상 아주 따뜻하게 느껴질 만한 편지를 엄마에게 써 보냈다. 처음으로 지하철을 타본 일에 대해 썼다. 엄마에게 답장이 왔고, 그 편지를 읽고 나자 난 문밖에 얼굴을 내미는 일조차 겁이 났다. 엄마는 내가 탔던 바로 그 지하철에서 일어난 별의별 끔찍하고 사악한 일들을, 엄마가 들었거나 어디선가 읽은 대로 세세하게 잔뜩 적어 보냈다. 바로 며칠 전만 해도 딱 내 나이의 이민자 소녀가 아마 내가 탄 바로 그 지하철을 타고 가다가 목이 베였다는 기사를 읽었다고 했다.

물론 진짜 공포라면 나도 이미 알았다. 같은 반 친구였던 한 여자아이의 아버지가 악마와 거래를 하는 사람이었다. 그애가 한번은 호기심에 아버지가 일하는 방에 들어가보았고, 보아서는 안 될 것들을 훔쳐보는 바람에 악마가 씌었다. 그 친구는 병이 들었다. 반 아이들과 나는 하굣길에 그 친구 집이 있는 거리에 서서, 그애에게 씐 악마가 그애를 마구 때리는 소리와 그애의 비명소리를 듣곤 했다. 결국 그애는 바다 건너 멀리 떠나야 했다. 악마는 물위를 걸을 수 없어서 바다 너머로는 못 쫓아오기 때문이다. 날카로운 편지 모서리가 가슴에 생채기를 내는 중에 난 그 일을 떠올렸다. 한 곳에는 눈에 보이지 않는 남자에게 매맞는 여자아이가 있고, 다른 한 곳에는 눈에 보이는 남자에게 목이 베이는 여자아이가 있구나. 이렇게 넓고 넓은 세상인데 어째서 내 인생에는 선택지가 고작 그 둘뿐이지?

눈이 내렸는데, 눈송이가 얼마나 무겁고 축축하게 떨어지던지, 특별한 날을 위한 장식처럼 나무에 걸렸다. 다들 불평뿐이었으니 특별한 날이라고 해봐야 아무도 들어본 적이 없는 날이겠지만. 이 집에 머문 몇 달 사이 여러 번 눈보라가 쳤지만 난 전혀 관심이 없었다. 보도에 무더기로 쌓인 눈 사이를 헤치며 걸어가느라 눈이 짜증스럽게 여겨졌을 뿐이다. 크리스마스이브 때마다 엄마 아빠는 빙 크로즈비가 허리까지 눈에 파묻힌 채 목청껏 노래 부르는 영화를 보러 갔다. 아빠와 만나기 시작하면서 맨 먼저 한 일 중 하나가 그 영화를 보러 간 거였다고 엄마가 말했다. 엄마의 말을 들으며 난 이제 엄마의 말투조차 얼마나 마뜩잖게 들리는지 절감했다. 그래서 조롱이 배어나올 듯 말 듯 하게 이렇게 말했다. "정말 성스러운 경험이었겠네." 그러고는 바로 자리를 떴다. 열세 살짜리 마음으로는 엄마에게 고통을 안긴 후 차마 그 얼굴을 볼 수가 없었기 때문이다. 그렇지만 나로서도 어쩔 수가 없었다.

여하튼 이번에 눈이 내렸을 때는 나도 뭔가 다르다고 느꼈다. 어딘지 모르게 아름다웠다. 매일 일상에서 바랄 법한 아름다움이 아니라, 일단 아름다움이 넘치도록 많을 때에라야 음미할 수 있는 그런 아름다움. 해지는 시간이 늦어져 낮이 길어지고, 저녁 하늘은 평소보다 낮게 내려앉은 듯 보였다. 반숙 계란의 흰자 같은 색깔과 감촉을 지닌 눈으로 덮인 세상은 부드럽고 사랑스러웠고, 뜻밖에도 나를 보듬어주는 기분이었다. 내가 사는 세상이 부드럽고 사랑스럽고 따뜻하게 보듬어준다는 것을 견딜 수 없어서, 난 길에 서서 울었다. 앞으로 살면서 무엇 하나 더 사랑하는 일이 없기를 바랐고, 내 마음이 수천수만 갈래로 찢겨 발밑에 널브러지는 일이 없기를 바랐기 때문이다. 그렇지만 어쨌든 그런 기분이었고, 나로서는 딱히 어쩔 도리가 없었다. 진짜 원한과 진짜 회한과 진짜 냉정함을 가지기엔 아직 너무 어리다는 걸 나 스스로도 알았으니까.

눈은 평소보다 빨리 내리고 빨리 사라졌다. 그즈음엔 대개 어떤 허

기진 존재가 다 먹어치우듯이 눈이 사라지기 마련이라고 머라이어가 말했다. 추운 겨울 날씨에 그렇게 바삭거리던 것들—보도와 건물, 나무, 사람—이 살짝 느슨해지며 이음매가 헐거워지는 것 같았다. 이제는 겨울을 돌아볼 수 있었다. 말하자면 나에게 과거가 된 것이다. 처음 갖게 된 진짜 과거, 나만의 과거이자 내가 최종적인 결정권을 지닌 과거. 난 이제 막 황량하고 추운 시절을 살아냈고, 이는 그저 바깥 날씨만을 뜻하진 않았다. 난 이 시간을 살아냈고, 추위가 풀리며 따뜻해졌다고 나도 그렇게 되지는 않았다. 내 안에 뭔가가 가라앉았다. 육중하고 단단한 무엇이. 그렇게 자리를 잡았고, 어떻게 해야 없애버릴 수 있을지 도저히 생각해낼 수 없었다. 그러니까 사는 게 이런 거구나. 사람들이 나중에 "예전에, 내가 어렸을 때"라는 시절이 아마 이렇게 시작되는 건가보다, 그런 생각이 들었다.

엄마와 친구처럼 지내던 여자가 있었다. 사람들에게 굳이 알리지 않는 친구 관계였는데, 그 여자가 감옥에 다녀왔기 때문이었다. 이름이 실비였다. 오른쪽 볼에 사람이 물어뜯은 흉터가 있었다. 마치 볼이 과일이라도 되는 양 누군가 한입 크게 베어 물었다가 아직 덜 익어서 먹다 만 것 같았다. 실비는 한 남자를 두고 다른 여자와 대판 싸운 적이 있었다. 두 사람이 사랑하는 그 남자가 둘 중 누구와 살아야 하느냐 하는 문제를 두고 붙었다. 분명 실비가 무어라 극악무도한 말을 내뱉었을 것이고, 그러자 상대는 더욱 격분하여 실비를 와락 끌어안았다. 사랑의 포옹이 아니라 증오의 포옹이라서 문제였고, 그렇게 실비의 볼에는 자국이 남았다. 경범죄로 둘 다 감옥에 갔고, 감옥에 갔다는 사실을 둘 다 평생 지고 살 수밖에 없었다. 내가 실비와 말을 나눌 수 없고, 아빠가 있을 때는 실비가 우리집에 찾아올 수 없고, 엄마와 실비의 우정이 비밀인 것이 다 그런 연유였다. 난 실비를 관찰하곤 했다. 아주 간단한 대화를 나눌 때라도 실비는 늘 말을 마치자마자 손을 올려 얼굴의 작은 장미 모양 흉터(그것이 실제로 무엇인지 알기 전까지 나는 얼굴의 그 자국이 아름다운 장미를 너무 사랑하는 나머지 늘 지니고 다니고 싶은 마음에서 그녀가 일부러 얼굴에 붙인 거라고 확신했었다)를 쓰다듬는다는 사실을 알아냈다. 마치 그 자국으로 인해 그 현실성보다 더 깊고 말로 표현할 수 없는 어떤 것에 매여 있는 듯이. 어느 날 엄마가 자리를 비웠을 때 실비가 내게 타래처럼 땋아 목으로 늘어뜨린 머리가 멋지다면서 뭐라고 했는데 그 말이 내게 제대로 들리지 않았다. "예전에, 내가 어렸을 때"라고 입을 떼면서 손가락으로 흉터 진 볼을 꼬집어 얼마나 세게 비틀던지 볼이 마치 검붉은 자두처럼 그녀의 분홍색 손바닥 한가운데로 떨어질 것만 같았기 때문이다. 말을 하는 내내 웃고 있었지만 그녀의 목소리는 육중하고 단단했다. 그래서 난 삶의 시작이, 진정한 삶의 시작이 육중하고 단단하다고 생각하게 되었다. 볼은 아니더라도 틀림없이 내 몸 어딘가에 자국이 생길 거라고 보았다.

하루는 싱크대 앞에 서서 자연스레 나 자신에 대한 생각에 빠져 있을 때 머라이어가 옛날 노래를 부르며 들어왔다. 그냥 들어온 게 아니라 춤을 추며 들어왔다. 모친이 젊었을 적 유행했던 노래라는데, 십중팔구 자기가 젊었을 때는 싫어했을 노래였다. 그래서 그녀는 지금도 자신에게는 여전히 이 노래가 우스꽝스럽다는 것을 나타내려 과장된 바이브레이션을 넣었다. 부엌을 정신없이 빙빙 돌다가 돌연히 딱 멈춰 섰

는데, 발을 딛는 곳마다 이런저런 물건이 널려 있었지만 어디에도 부딪
히지는 않았다.

　그녀가 말했다. "난 늘 아이를 넷 낳고 싶었어. 딸 넷. 난 아이들을 사
랑해." 진지하게 똑똑히 그렇게 말했다. 이 말을 하면서 그녀는 한 치의
의심도 없었지만, 또한 확신도 없었다. 머라이어는 의심이나 확신을 가
질 필요가 없었다. 언제나 만사가 뜻대로 되었겠지. 자신뿐만 아니라
고릿적부터 알아온 모든 사람들이 다 그랬을 거야. 난 그렇게 생각했
다. 의심을 가질 필요가 없었으므로 확신을 가져야 할 필요도 없었다.
그녀에게는 늘 일어나야 할 일이 일어나니까. 일어났으면 하는 일이 일
어나니까. 그래서 난 다시 생각했다. 어떻게 사람이 저럴 수가 있지?

　머라이어는 내게 "사랑해"라고 했다. 역시 의심도 확신도 없이, 진지
하게 똑똑히 그렇게 말했다. 난 그녀의 말을 믿었다. 자기 아이들을 돌
봐주러 지구 반대쪽에서 온 소녀를 사랑할 수 있는 사람이 있다면 머
라이어가 바로 그런 사람이니까. 부엌 한가운데 선 그녀는 정말 아름다
웠다. 노란 햇빛이 창문으로 들어와 바닥에 깔린 연노랑 리놀륨 타일
과, 역시 옅은 노란색으로 칠한 부엌 벽을 비추었고, 거의 천상의 빛으
로 보이는 그 빛을 받으며 옅은 노란색 피부와 금발머리를 가진 머라
이어가 서 있었다. 뺨에든 다른 어디에든 어떤 흉터도 얼룩도 없을 그
녀는 축복받은 존재로 보였다. 남자든 뭐든 그런 문제로 누구와 싸워본
적도 없고, 싸울 일 자체가 전혀 없고, 잘못이라고는 저질러본 적이 없
고, 감옥에도 절대 간 적이 없고, 본인 마음이 동해서가 아니라면 결코
어떤 곳도 떠나야 할 필요가 없던 사람처럼. 그날 아침에 감은 그녀의
머리에서 샴푸 향기가 풍겨와 내가 서 있는 곳까지 닿았다. 그리고 그

향기 아래로 머라이어의 향기도 맡아졌다. 머라이어에게는 좋은 향기가 났다. 좋은 향기, 바로 그거였다. 그리고 난 생각했다. 바로 그게 머라이어의 문제라고. 좋은 향기가 난다는 것. 나로 말하자면 내게서 진한 냄새가 났으면 좋겠고, 그게 불쾌하건 말건 개의치 않는다는 것을 그때 이미 깨달았기 때문이다.

봄기운이 완연한 것이 분명해진 어느 날, 겨울이 정말 가버렸고 혹시라도 다시 돌아온다면 대단히 이례적인 일이 될 것임이 확실해진 어느 날, 머라이어는 오대호의 한 호숫가에 있는 별장으로 놀러갈 준비를 해야 한다고 말했다. 루이스는 함께 가지 않을 것이었다. 루이스는 시내에 남아 우리가 없는 틈을 타서 머라이어와 아이들이 기꺼이 함께해주지 않는 일을 혼자 즐길 거라고 했다. 그게 어떤 종류의 일일지 난 상상할 수가 없었다. 기차를 타고 갈 거라고 머라이어가 말했다. 기차에서 잠을 자고, 아침에 일어나 새로 갈아놓은 밭 사이를 달리는 기차에서 아침식사를 하는 색다른 경험을 내가 해봤으면 좋겠다고 했다. 준비할 것이 엄청나게 많았다. 잠깐 집을 비우는 일이 그렇게 복잡한 일일 줄은 전혀 몰랐다.

내가 돌봐야 하는 아이들은 세시나 되어야 집에 돌아오기 때문에, 그날 이른 오후에 머라이어는 나를 어떤 정원으로 데리고 갔다. 자기가 세상에서 가장 좋아하는 장소 가운데 하나라고 했다. 그녀는 손수건으로 내 눈을 가린 뒤, 내 손을 잡고 공터의 한 지점까지 걸어갔다. 그러더니 손수건을 벗기며 말했다. "자, 이것 봐." 눈을 떠보니 그곳은 구불구불한 오솔길 사이로 아름드리나무들이 가득 자란 널따란 구역이었다. 크기로 보나 모양으로 보나 장난감 찻잔이나 요정의 치마를 떠올리게 하는 노란 꽃들이 오솔길을 따라 나무 아래로 한가득 피어 있었다. 먹을 수 있을 것 같기도 하고 입을 수도 있을 것 같았다. 아름다웠다. 쓸데없는 복잡한 생각은 다 지워버린 듯 간결해 보였다. 그게 무슨 꽃인지도 몰랐으므로, 그때 왜 그 꽃들을 다 죽여버리고 싶은 기분이 들었는지 나로서도 불가사의한 일이었다. 그냥 그랬다. 죽여버리고 싶었다. 거대한 낫이 있으면 좋겠다 싶었다. 그 낫을 끌고 오솔길을 따라 내려가며 땅속 뿌리까지 그 꽃들을 모조리 파내고 싶었다.

머라이어가 말했다. "이게 바로 수선화야. 네가 시를 낭송해야 했던 일은 안됐지만, 그래도 이 사랑스러운 꽃들이 마음에 들었으면 해."

이렇게 말하는 그녀의 목소리는 기쁨이 흘러넘치는 음악 같았으니, 거기에 대고 내가 수선화에 대해 느낀 감정을 어떻게 설명할 수 있을까? 딱히 수선화여서가 아니라는 걸, 세상의 다른 어떤 것이나 다 마찬가지라는 걸. 어디서 시작해야 할까? 여기에서가 아니면 저기에서? 어디라도 상관없겠지만, 가슴이 심하게 두방망이질치며 생각도 달음질쳐서 입을 열기만 하면 말을 더듬거리고 그러다 실수로 혀를 깨물곤 했다.

머라이어는 내가 생전 처음 수선화를 보고 기뻐서 그러는 거라고 오해하고는 팔을 뻗어 나를 안으려 했다. 하지만 난 몸을 뒤로 뺐고, 그러자 입이 떨어졌다. "아줌마는 내가 열아홉이 될 때까지 실제로 보지도 못할 꽃을 노래한 긴 시를 열 살의 나이에 암기해야 했다는 사실을 알기나 해요?"

말을 내뱉자마자 난 그녀의 사랑스러운 수선화를 그녀 자신이 한 번도 생각해본 적이 없는 그런 환경에 집어던진 것을 후회했다. 피정복자와 점령지, 야수들이 천사를 가장하고 천사들이 야수로 묘사되는 환경 말이다. 나를 거의 알지도 못하는 이 여인은 나를 사랑했고, 자기가 사랑하는 이것—활짝 핀 수선화가 무리 지어 넘실대는 수풀—을 내가 사랑하기를 바랐다. 마치 스스로를 보호하려는 듯이, 뜻밖에 고된 노동을 한 뒤 이제 좀 쉬려는 사람처럼 그녀의 눈이 흐릿해졌다. 그녀의 잘못이 아니었다. 내 잘못도 아니었다. 하지만 그녀가 아름다운 꽃을 보는 그곳에서 나는 비통함과 원한만을 본다는 사실은 어떻게 해도 달라질 수 없었다. 우리가 그 장면을 똑같이 보고 함께 눈물을 흘릴 수도 있겠지만, 그 눈물의 맛은 다를 것이었다. 우리는 아무 말 없이 집으로 걸어갔다. 끔찍한 수선화가 어떻게 생겼는지 마침내 보게 되어 기뻤다.

난 가고 싶은 마음이 전혀 없었지만 어쨌든 호숫가 별장으로 떠날 날이 되었다. 그날 오전에 엄마가 보낸 편지를 받았다. 엄마는 내가 분명 알고 싶어할 거라 여기며 내가 집을 떠난 뒤 최근까지 있었던 일들을 알려주었다. "네가 떠난 뒤로 비가 한 번도 내리지 않았단다." 그렇게 적혀 있었다. "환상적이네." 나는 혼잣말로 빈정거렸다. 내가 떠나기 전에도 일 년이 넘도록 비가 오지 않았다. 그런 건 이제 아무래도 상관없었다. 지금 내 삶의 목표는 엄마의 편지에 언급된 일들과 가급적 거리를 두는 것이었다. 이 편지가 날아온 곳과 나 사이의 거리를 충분히 벌려놓을 수 있다면, 편지에 적힌 일과 나 사이에 다른 사건들을 많이 집어넣을 수 있다면, 모든 행동과 모든 말과 모든 얼굴에서 수백 년의 세월을 보는 대신 만사를 그냥 그 자체로 받아들일 수 있지 않을까 싶었기 때문이다.

기차를 탄 우리는 객실 두 개에 자리를 잡았다. 머라이어와 내가 두 아이씩 맡았다. 살면서 본 몇 안 되는 영화 중 하나에서 사람들이 기차에 타서 이런 식으로 객실에 자리를 잡는 것을 본 적이 있다. 그래서 영화에서만 봤지 평생 직접 해본 적이 없는 일을 하면 신이 날 거라고 상상했다. 하지만 지금 하는 일치고 처음 해보는 일이 아닌 것이 별로 없었고, 그래서인지 과거가 떠오르는 경우가 아니라면 이제 새로운 일이라서 설레는 법은 없었다. 우리는 식당칸으로 가서 저녁을 먹었다. 아이들은 따로 앉았다. 얌전히 있겠다면서 머라이어에게 자기들끼리 따로 앉게 해달라고 했다. 물론 그 아이들이 언제나 얌전하다는 건 머라이어도 나도 잘 알았다. 생김새로 보자면 그곳에 앉아 저녁을 먹는 다른 승객들은 모두 머라이어의 친척 같았다. 그리고 그들을 시중드는 사람들은 모두 내 친척 같았다. 내 친척처럼 생긴 사람들은 다들 나이 많은 남자였고, 지금 막 안식일 예배를 보고 오기라도 한 양 아주 근엄했다. 자세히 살펴보니 그들은 전혀 내 친척 같지 않았다. 생김새만 그럴 뿐이었다. 내 친척들은 노상 말대꾸를 했으니까. 머라이어는 자신과 다른 승객의 공통점, 혹은 나와 웨이터의 공통점을 눈치채지 못하는 모양이었다. 그녀는 평상시와 다름없이 행동했다. 그러니까 내가 알기로는 지구는 평평하고 계속 가면 끄트머리에서 떨어져버리는데, 그녀는 지구는 둥글고 우리 모두 그 사실에 합의했다는 식으로 행동했다.

기차에서 보내는 밤은 무시무시했다. 애써 잠을 청할 때마다, 그러다 겨우 잠이 들었나 싶을 때마다 수천 명의 사람들이 말을 타고 나를 쫓아오고 있는 게 틀림없다는 생각에 잠이 싹 달아나버리곤 했다. 날 난도질할 셈으로 다들 단검을 하나씩 들고 쫓아온다고 말이다. 물론 선로를 구르는 기차 바큇소리 때문에 이런 악몽에 시달린다는 건 알았다. 하지만 실상을 알아도 달라지는 것은 없었다. 그날 아침 일찍 머라이어는 내가 있는 객실로 와서 지금 기차가 막 갈아엎은 밭 사이를 달리고 있다고, 자기가 정말 좋아하는 풍경이라고 말했다. 그녀가 객실의 블라인드를 올리자 갈아엎은 밭이 끝도 없이 펼쳐졌다. 그 광경에 난 매서운 말투로 대꾸했다. "저 일을 내가 안 해도 돼서 정말 다행이네요." 그녀가 내 말뜻을 알아들었을지는 모르겠다. 그 한마디에 아주 많은 의미가 담겨 있었으니까.

기차가 목적지에 도착하자, 역에서 한 남자가 우리를 기다리고 있었다. 머라이어가 평생 알고 지낸 그 남자는 스웨덴 출신으로 내내 그녀의 집안일을 처리했다. 그의 이름은 구스였는데, 머라이어가 그 이름을 부르는 투로 봐서 그는 기억처럼 그녀에게 깊숙이 속해 있는 존재 같았다. 당연하게도 그는 그녀의 과거, 어린 시절의 일부였다. 그녀가 첫걸음을 뗀 순간에도 분명 그가 함께 있었을 테고, 그와 함께 보트를 타고 나가 처음으로 물고기를 잡았을 것이다. 같이 호수에 나갔다가 폭풍을 만났는데, 살아 돌아온 것이 기적이었다는 그런 이야기들. 그래도 어쨌든 그는 실제 인물이었고, 머라이어는 지금 그녀 앞에 서 있는 구스와 과거에 자신에게 이런저런 존재였던 구스를 오래전에 분리했어야 한다는 것이 내 생각이었다. 그에게 이렇게 묻고 싶었다. "자기 소유물인 것처럼 당신 이름을 부르는 게 너무 싫지 않아요?" 하지만 다시 생각해보니 스웨덴에서 건너온 사람은 나와는 전혀 다른 부류라는 것을 알 수 있었다.

우리는 아무것도 없이 끝없이 펼쳐진 시골길을 한참 달렸다. 그런 곳에서 살지 않아 다행스러웠다. "어서 와요. 이렇게 와줘서 기뻐요"라고 말하는 땅이 아니었다. 오히려 "여기서 얼마나 버티나 어디 한번 보자" 이런 식이었다. 드디어 작은 마을에 도착했다. 오는 내내 머라이어는 달뜬 모습이었다. 말을 할 때도 딱히 누가 들을 필요 없다는 듯이 나지막한 목소리였다. 눈앞을 스쳐가는 풍경에 따라 기쁨이나 서글픔의 탄성이 터져나왔다. 반년 만에 다시 찾아왔는데 달라진 것도 있고 새로 생긴 것도 있고 완전히 자취를 감춘 것도 있다고 했다. 마을을 지나가는 동안에는 자신이 루이스의 아내이고 네 딸을 둔 엄마라는 사실을 잊은 듯 보였다. 그 작은 마을을 벗어나자 모두에게 정적이 내려앉았다. 나로 말하자면 절망적인 기분이 들었다. 머라이어가 불쌍했다. 자기 과거가 눈앞에서 그렇게 획획 지나가는 것을 보는 심정이 어떨지 알았다. 두 발을 딛고 선 땅이 서서히 사라지면서 발아래 아무것도 남지 않는 느낌, 끝없이 추락하게 될 구멍만 남은 그 느낌이 얼마나 끔찍한지.

머라이어가 어린 시절을 보냈다는 집은 아름다웠다. 보자마자 알 수 있었다. 필요할 때마다 새로 방을 덧붙인 듯이, 그렇지만 매번 같은 양식으로 덧붙인 듯이 사방으로 뻗어나간 커다란 집이었다. 머라이어의 할아버지가 어린 시절을 보낸 스칸디나비아반도 어딘가의 농장을 본떠서 지었다고 했다. 전면에 멋진 베란다가 있는데, 비 내리는 광경을 바라보기에 딱 좋았다. 전체적으로 푸근한 노란색을 칠하고 흰색 테두리 장식을 넣어, 멀리서 보면 따뜻한 분위기에 마음이 끌렸다. 내 방에서는 호수가 내려다보였다. 이 호수에 관해서, 처음 형성된 과정과 그

역사를 지리책에서 읽은 적이 있었다. 그런데 지금 이렇게 가까이에서 바라보니 그저 평범하고 더러운 잿빛 물로 보였다. 노래를 지어 부르고 싶은 그런 물이 아니라 쌀쌀맞아 보이는 물이었다. 머라이어가 들어와 호수를 내다보는 나를 보고는 와락 끌어안더니 "굉장하지 않아?"라고 말했다. 하지만 나는 전혀 다른 생각을 하고 있었다. 그날 밤에는 어떤 꿈에도 시달리지 않고 평온한 잠을 잤다. 창밖에 거대한 호수가 있으니, 비록 내게 익숙한 푸르고 너른 바다는 아니어도 내 마음에 위안을 가져다준 것이 분명했다.

머라이어는 우리 모두가, 아이들과 내가 모든 것을 자기처럼 보기를 바랐다. 그 집의 구석구석을, 모든 틈새를, 향기로운 냄새와 온갖 매력을 자신이 어렸을 때 그랬듯이 한껏 즐기길 원했다. 아이들은 기꺼이 엄마의 방식을 따랐다. 나를 닮은 네 명의 아이들이라면 모를까, 그 발 아래 머리를 조아리며 경배하지 않기는 어려울 것이다. 하지만 내게는 이미 나를 사랑하는 엄마가 있고, 난 엄마의 사랑을 일종의 짐으로 여기게 되었다. 딸을 얼마나 사랑하는지 모른다는 찬사가 주변에서 쏟아질 때마다 엄마가 자기만족감에 푹 빠지는 모습에 난 소름이 끼쳤다. 나를 향한 엄마의 사랑이란 오롯이 나를 자신의 분신으로 만들기 위한 것일 뿐이라고 생각하게 되었다. 그리고 까닭은 모르겠지만 누군가의 분신이 되느니 차라리 죽어버리는 게 낫겠다 싶었다. 비유적으로 하는 말이 아니다. 이런 생각은 엄마에게는 전혀 예상치 못한 충격일 것이다. 평생 자신의 방식이 가장 좋은 방식이라고 믿으며 살았으니 자기 속으로 낳은 자식이 어떻게 자신과 달라지기를 바랄 수 있는지 어리둥절하겠지. 그 답은 나 역시도 알 수가 없다. 그래도 그런 생각이 드는 건 어쩔 수 없다. 그런 생각을 했기 때문에 이렇게 나에게 자신의 세상을 보여주고 내가 그것을 좋아해주기를 바라는 여자와 커다란 호숫가에 앉아 있게 된 것이다. 때로는 도저히 벗어날 길이 보이지 않지만, 벗어나려 애쓰는 것만으로도 또 한동안 그럭저럭 괜찮아질 때가 많다.

어느 날 이런 생각에 잠겨 베란다에 앉아 있는데, 머라이어가 검회색 물고기 여섯 마리를 손에 들고 길을 올라오는 게 보였다. "짜잔! 송어야!" 그녀는 이렇게 말하며 물고기를 든 손을 휙 들어올렸다. 햇빛을 받아 비늘이 무지갯빛으로 빛났다. "내가 너희를 사람을 낚는 어부로 삼겠다."* 그녀는 그렇게 외치더니 춤을 추면서 내 주변을 빙빙 돌았다. 이윽고 멈춰 선 그녀가 이어 말했다. "아름답지 않아? 구스랑 내 옛날 보트—정말 정말 오래된 보트야—를 타고 나가서 잡은 거야. 내가 잡은 물고기. 이게 오늘 저녁이야. 아랫것들 밥을 먹여야지."

그녀가 실제 한 말이 '아랫것들minions'이 아니라 '수백만millions'이었을 수도 있다. 농담으로 한 말이 확실했다. 하지만 생선요리를 하는 내내 난 그 생각에서 벗어날 수 없었다. '아랫것들.' 그것은 나 같은 사람은 떨쳐버리기 힘든 단어였다. 내 고향은 다른 나라가 지배하는 자치령이었다. 나는 '자치령dominion'이라는 단어에 사로잡혀 머라이어에게 이런 이야기를 들려주었다. 예수님이 일곱 덩이 빵과 몇 마리의 물고기로 수많은 사람들을 먹였다는 성서 이야기를 다섯 살쯤에 처음 들었다. 엄마가 이야기를 마쳤을 때 나는 물었다. "그런데 예수님이 물고기를 어떻게 해서 주셨어? 삶아서, 아니면 튀겨서?" 엄마는 황당한 표

---

* 「마태복음」 4장 19절.

정으로 나를 쳐다보고는 고개를 절레절레 저었다. 그뒤로 엄마는 누구를 만나든 그 이야기를 들려주었고, 그러면 다들 고개를 저으며 "별 애가 다 있네!"라고 했다. 사실 그렇게 별난 질문도 아니었다. 내가 어린 시절을 보낸 곳에서는 물고기를 잡아 생계를 꾸려가는 사람이 많았다. 어부는 바다에 나갔다 돌아오면 미리 얘기가 된 사람들에게 잡아온 물고기 대부분을 나눠준 뒤 얼마간 남긴 것을 손질해서 양념을 하고 불을 피웠다. 어부와 그 부인은 그렇게 해안가에서 생선을 튀겨서 팔곤 했다. 뜨거운 태양 볕을 피해 나무 아래에 자리를 잡고는 제대로 잘 튀겨진 생선을 먹으며 그 생선의 원래 고향이었던 아름다운 푸른 바다를 바라보는 일, 그건 정말 멋진 일이었다. 빵과 함께 준 생선을 어떻게 요리했냐고 물었을 때 내가 생각한 바는 그랬다. 그 수많은 사람들은 그저 먹을 것이 생겨서 기뻐한 것이 아니라, 얼마 안 되는 음식이 엄청난 양으로 변하는 기적에 놀라기만 한 것이 아니라, 그 음식이 어떤 맛일지에 대한 생각도 하지 않았을까? 나라면 그 점이 중요했으리라. 우리 가족들은 다들 삶은 생선을 좋아했다. 예수님의 이 일화를 기록한 사람들이 이 소소한 내용을 언급하지 않은 건 참 아쉽다. 내게는 정말이지 중요한 정보였을 텐데.

이 이야기를 들려주자 머라이어는 나를 물끄러미 보았다. 푸른 눈(늘 '아름다운'이라는 수식어와 함께 푸른 눈이 등장하는 수많은 책을 읽지 않았더라도 내 눈에 아름답게 보였을 눈)이 흐릿해지며 천천히 눈꺼풀이 닫히는가 싶더니 이내 그녀는 눈을 크게, 더 크게 떴고 눈동자도 말똥말똥해졌다.

우리 둘 사이로 정적이 감돌았다. 깊은 정적이었지만 너무 두텁거나 암울하지는 않았다. 그 정적을 뚫고 머라이어가 원하는 방식대로, 내가 좋아하지 않는 방식으로, 생선이 조리되는 오븐 안에서 그릇들이 달그락거리는 소리가 들려왔다. 그리고 멀리서는 아이들이 악쓰는 소리가 들려왔다. 아파서인지 좋아서인지 나로서는 알 수 없었다.

잠자리에 들기 전에 머라이어와 나는 평소처럼 포옹을 하고 입맞춤을 하며 인사를 했지만, 이번에는 우리 둘 다 애초에 이런 습관을 만들지 않으면 좋았을걸 하는 마음이었다. 문지방을 넘는가 싶더니 그녀가 몸을 돌려 이렇게 말했다. "내게 미국 원주민 피가 흐른다는 말을 해줄 날을 고대하고 있었는데. 내가 새와 물고기를 잘 잡고 옥수수도 굽고 온갖 일을 다 할 줄 아는 건 원주민 피가 흐르기 때문이거든. 그런데 왠지 모르겠지만 지금은 그 말을 하지 말았어야 했다는 마음이 드네. 네가 잘못 받아들일 것 같아서."

이 말에 난 정말로 놀랐다. 내가 그걸 어떤 식으로 받아들여야 하는데? 잘못된 방식? 올바른 방식? 그게 무슨 말이지? 겉모습만 봐서는 그녀에게 원주민을 떠올리게 하는 면은 요만큼도 없었다. 어째서 그런 주장을 하는 걸까? 나야말로 원주민 피가 흘렀다. 할머니가 카리브 원주민이었으니까. 말하자면 내 피의 4분의 1가량이 원주민 피였다. 그렇다고 난 내게 원주민 피가 흐른다는 말을 하며 돌아다니지는 않는다. 카리브 원주민은 배 타는 일에 능숙하지만, 난 바다에 나가는 일을 좋아하지 않는다. 바다를 바라보는 게 좋을 뿐이지. 내게 할머니는 그냥 할머니지 원주민이 아니다. 할머니는 아직 살아 계시지만, 할머니의 동족은 이제 다 세상을 떴다. 그런 짓을 하고도 무사할 수만 있다면 누구라도 할머니를 박물관에 전시하려 할 것이 분명하다. 자연에서 멸종한 어떤 존재의 표본, 생존해 있는 한 줌밖에 안 되는 개체 중 하나로 말이다. 사실 일전에 머라이어가 나를 데려간 어떤 박물관에서는, 이제 사라진 사람들, 얼마간 할머니와 연관이 있는 그 사람들이 한 구역 전체를 차지하고 있었다.

머라이어는 "내게 원주민 피가 흐른다"라고 했고, 장담하건대 그 말은 무엇보다 마치 전리품을 가지고 있다는 선언 같았다. 대체 어떻게 정복자가 동시에 피정복자일 수도 있다는 주장을 할 수가 있지?

"그래, 뭐." 머라이어의 목소리가 들렸다. 그녀는 서글픔과 체념이 가득한, 심지어 두려움마저 깃든 한숨을 길게 내뱉었다. 난 그녀를 바라보았다. 참담한 표정, 고통스러운 듯 보기 흉한 얼굴이었다. 위로를 구하듯 애원하는 표정으로 나를 보았고, 난 냉랭한 표정과 시선으로 마주 보았다. 무엇이 되었건 그것을 주는 일은 없을 것이다.

내가 말했다. "지금까지 아줌마가 어떻게 저런 사람이 되었을까 계속 궁금했어요. 어떻게 해서 지금 이런 모습이 되었을지 말이에요."

그런데도 그녀는 포기하지 않았다. 양팔을 벌리고 다가와 나를 끌어안으려 했다. 하지만 난 재빨리 뒤로 물러섰고 두 팔이 힘없이 허공을 갈랐다. 난 했던 말을 되풀이했다. "어떻게 하면 그래요?" 비통함으로 일그러진 표정을 보니 마음이 찢어질 듯 아팠지만 난 굽히지 않았다. 공허할 뿐이었다, 내 승리는. 나 역시 그걸 느꼈지만 그래도 끝까지 물러서지 않았다.

혀

열네 살 때 난 혀가 별맛이 없다는 사실을 알았다. 태녀라는 남자아이의 혀를 빨고 있었는데, 그애 혀를 빨았던 이유는 그애가 피아노를 칠 때 건반 위에서 노니는 손가락이 좋았고, 목초지를 가로질러 걸어가는 뒷모습이 보기 좋았기 때문이다. 또 가까이 다가갔을 때 그애의 귀 뒤쪽에서 나는 냄새가 좋았다. 그 세 가지 이유로 난 그애 누나(내 친한 친구였다)의 방에서 닫힌 방문에 등을 대고 그의 혀를 빨게 되었다. 혀를 빨며 맛이 아니라 다른 것을 찾아야 한다고 누구라도 내게 말해주었다면, 거기 서서 불쌍한 태녀의 혀를 맛은 다 빠지고 얼음만 남은 하드처럼 빨아대는 일은 하지 않았을 것이다. 혀를 빨면서 나는 생각했다. 혀를 빨 때 맛을 찾아서는 안 되는 거야. 어떤 느낌인지, 그게 중요한 거지. 난 레몬즙과 양파, 오이, 후추로 만든 소스를 곁들인 삶은 소혀 요리를 좋아했는데, 소 혀 자체는 별맛이 없었다. 그 음식이 그렇게 맛있는 건 소스 때문이었다.

태너의 혀를 떠올리던 그때 난 미리엄과 함께 식탁에 앉아 있었다. 루이스와 머라이어의 막내딸인 미리엄에게 그애의 엄마가 특별히 그애를 위해 준비한 삶은 자두와 요거트를 먹이고 있었다. 미리엄은 그것을 좋아하지 않았기 때문에, 난 그애가 먹게 하려고 그건 사실 삶은 과일과 요거트가 아니라 요정들이 열심히 찾아다니는, 야생화 사이에서 자라는 특별한 음식이라고 말했다. 이 음식을 많이 먹으면 다른 사람들이 보지 못하는 것들을 볼 수 있게 될 거라고 했다. 내가 밥을 먹지 않으려 할 때 엄마가 내게 해주곤 했던 이야기였다. 내가 엄마를 믿지 않았던 것처럼 미리엄도 내 말을 믿지 않았다. 먹긴 했지만 질질 끌어서 한참이 걸렸다. 엄마가 내게 음식을 먹일 때도 그렇게 오래 걸렸었다. 내가 엄마를 처음으로 의식하기 시작한 때가, 마치 엄마가 내 앞에 놓인 어떤 표본이라도 되는 양 진정으로 의식하기 시작한 때가 바로 엄마가 그렇게 내게 음식을 먹일 때였다. 난 미리엄의 엄마가 아니었고, 사실 아이에게 음식을 먹이면서 내 말을 듣게 할 일종의 뇌물처럼 그런 이야기를 해줄 때도 머라이어가 듣지 못하게 나지막이 중얼거렸다. 머라이어는 이런 방식이 통한다고 보지 않았으니까. 아이들을 대할 때는 진지하고 솔직하게, 가능한 한 아무것도 덧붙이지 않은 진실 그대로 말해주는 것이 최선이라고 믿었다. 동화는 유익하지 않다고 보았고, 긴 잠에 빠진 공주가 왕자의 입맞춤으로 깨어나는 식의 것들은 특히 그랬다. 그런 이야기는 아이들이, 모든 여자아이들이 어른이 되어 세상을 살아갈 때 그릇된 기대를 갖게 만든다고 했다. 동화에 관한 머라이어의 주장이 내겐 늘 신기했다. 내 머릿속에는 세상살이에서 그릇된 기대를 갖게 하는 것들의 긴 목록이 있는데, 동화는 거기 속하지 않았기 때문이다.

여름이 막 시작된 때라 우리는 호숫가 별장에 있었다. 머라이어가 어렸을 때 여름을 보냈던 집이자, 어른이 된 지금은 남편과 아이들과 함께 여름을 보내는 집 말이다. 아이들 방학이 시작되자마자 다 함께 이곳으로 왔다. 미리엄과 내가 앉은 식탁 자리에서 싱크대에 서 있는 머라이어가 보였다. 부엌과 식당이 한 공간에 있었지만 워낙 큰 방이라 머라이어와는 한참 떨어져 있어서, 우리가 조용조용 말하면 그녀에게는 잘 들리지 않았다. 머라이어는 싱크대 앞에 서서 창틀에 놓인 화분에서 자라는 허브를 살펴보고 있었다. 창문으로 햇빛이 들어왔지만 겨우 수도꼭지에 미칠 뿐이라 햇빛을 받고 있는 식물을 살펴보는 머라이어 쪽은 약간 어둑했다. 미리엄의 눈에 비친 모습은 아마 금빛의 아름다운 엄마가 화초에 사랑을 쏟는, 다섯 살짜리 아이의 눈에 아주 익숙한 광경일 것이다. 하지만 내 눈에 들어오는 것은 속이 텅 비고 나이든 여자였다. 핏기라고는 없는 얼굴, 원래도 앙상한데 점점 더 앙상해지는 코, 주변 근육이 다 없어진 양 다시는 환하게 미소를 짓지 않을 것처럼 축 처진 입. 머라이어는 마흔 살이었다. 놀라움과 불길한 예감 사이를 오락가락하며 툭하면 그렇게 말했다. "내가 마흔이야." 나이가 뭐라고 이제 늙었다든지 아무도 날 사랑하지 않는다든지 그런 감정을 갖는지 이해할 수 없었다. 그녀를 보니 문득 슬픔이 밀려들어 거의 울음이 터질 지경이었다. 내가 그녀를 그만큼 사랑하게 된 것이다.

그때 루이스가 껑충거리며 들어왔다. 루이스는 변호사였고, 그래서

인지 항상 무언가를 세심하게 읽었다. 지금은 손에 커다란 신문을 들고 있었다. 경제면이 바깥쪽으로 나오게 접혀 있었다. 주식거래인과 막 전화 통화를 끝냈든지, 아니면 이제 통화를 하려는 것이다. 그는 미리엄을 보며 동물 소리를 흉내내고 나를 향해 신문을 흔들었다. 그러고는 머라이어에게 다가가 뒤에서 그녀를 끌어안고 혀로 목을 핥았다. 그녀는 고개를 뒤로 젖혀 그의 어깨에 기대고는 (그녀의 키가 남편보다 약간 작아서 영 보기 좋지 않았다. 여자가 남편보다 조금 큰 편이 보기 좋다) 기분좋은 신음을 내뱉으며 몸을 떨었다. 그 모두에서 거짓의 분위기가 풍겼다. 좋아서 하는 일이 전혀 아닌 것이다. 그냥 쇼였다. 다른 누구를 위해서가 아니라 서로를 위한 쇼. 내가 그걸 어떻게 아냐고? 그냥 보기만 해도 알 수 있었다. 모든 게 쇼일 뿐, 믿을 만한 것이 아니라는 사실을.

내가 루이스라는 인물을 잘 안다고 생각하지는 않았고 그러고 싶지도 않았다. 난 그를 좋아했다. 그는 농담을 잘해서 나를 웃기곤 했다. 고향에서 멀리 떠나와 혼자 지내는 나를 안쓰럽게 여기는 듯했다. 내가 신랄한 말투로 가족 이야기를 할 때마다 그는 내가 사실 가족이 너무 그리워서 그러는 거라고 했다. 그는 매일 모친과 통화를 했는데, 그렇다고 정말 모친을 좋아하는지는 알 수 없었다. 때로 그는 나를 자기 딸처럼 대했다. 내게 신기한 이야기를 들려주곤 했는데, 그 말을 들으며 내가 놀라워하다가 이내 못 믿겠다는 표정으로 바뀌는 것을 보려고 그랬다. 나의 어떤 말이 자못 흥미로우면, 내게 별의별 질문을 다 하다가 급기야 나로서는 세상에 존재하는지도 몰랐던 책을 가져다주곤 했다. 보통의 준수함을 넘어서는 용모라서, 옆모습은 마치 동전이나 우표에 찍혀 있어야 할 성싶었다. 루이스의 괜찮은 점은 바로 자신의 준수한 용모로 상대의 관심을 끌려 하지 않는다는 것이었다. 어떤 면으로도 관심을 끌려 하지 않았다. 남자에게 그것은 훌륭한 특성이었고 난 그 점을 바로 알아봤다. 난 그와 사랑에 빠진 것도 아니고 그에게 호감을 느끼지도 않았다. 난 머라이어 편이었다. 여자보다 남자 편을 드는 일은 절대 해서는 안 된다고 말해준 사람은 엄마였다. 그 말은 곧 다른 여자의 남편에 대해 소유욕을 가져서는 절대 안 된다는 뜻이었다. 엄마 자신의 경험에서 나온 말이었다. 아빠를 사랑하는 여자들이 있었고, 아빠가 그 사랑을 모른 척하자 그들은 엄마를 죽이려고 했다. 정작 아빠는 머리털 하나 건드리지 않았으면서 말이다.

루이스가 머라이어의 목을 핥고 머라이어는 그에게 기대어 신음을 내뱉으며 부르르 떤 후, 두 사람은 아예 달라붙은 듯 그대로 서 있었다. 지금까지 살면서 겪은 일들이 하나씩 머릿속을 스쳐지나가는 그런 순간이었다. 두 사람이 같은 생각을 하는지도 몰랐다. 같은 생각을 하며 같은 결론에 도달했을 수도 있었다. 하지만 두 사람을 보고 있자면 설사 다른 행성에 있다 한들 그렇게 동떨어져 보이지는 않을 것 같았다. 당시 방안이 쥐죽은듯 조용하지는 않다. 난 여전히 미리엄을 먹이고 있었고, 삶은 과일과 요거트를 섞은 것이 사실은 '포타주'라고 막 말해준 참이었다. 그러자 미리엄은 내가 다섯 살 때 마마이트* 병에서 그 단어를 처음 보았을 때처럼 그 말을 좋아라 했다. 그런데 그때 전화벨 소리가 울리자 모두 화들짝 놀랐다. 마치 신속하게 집밖으로 빠져나가라

---

* 이스트 추출물을 농축해 만든 스프레드의 대표 상표명. 마마이트 스프레드는 강한 향과 짠맛이 나는 것이 특징으로 수프, 포타주 등의 음식을 만드는 데 사용하기도 한다.

는 경보처럼 그 요란한 소리가 주방을 쩡쩡 울렸기 때문이다. 머라이어의 친한 친구인 다이나가 위태로운 습지를 구하자는 취지로 열리는 야유회 계획을 다시 알려주려고 한 전화였다. 분명 내가 어려서 잘 모르는 거겠지만, 습지가 사라진다고 왜 그 난리들을 치는지 도무지 이해할 수가 없었다.

누군가 목을 혀로 핥으면 신음을 하며 몸을 부르르 떠는 것이 적합한 반응이라는 것은 이미 오래전부터 알고 있었다. 태너의 혀를 아무리 빨아봐야 별다른 것이 없었는데, 그가 손을 내 가슴에 얹고, 처음에는 살살 문지르다가 곧 세게 주무르자 강한 흥분이 일어난다는 것을 알았다. 그런 걸 어떻게 알게 되었는지는 잘 기억나지 않지만, 나는 그의 머리를 가슴 쪽으로 끌어당겼고, 그가 내 가슴을 핥고 빠는 동안, 이 일은 절대 끝나서는 안 돼, 라고 생각했다. 당시 내 가슴은 엄마가 호박 수프에 넣는 작은 경단 크기밖에 되지 않았지만, 그 가슴이 내 몸 전체로 확장된 느낌이었다. 그런 느낌은 태너와 함께할 때에만 느낄 수 있다고 생각했고, 내 가슴에 그의 입술이 닿는 상상을 할 때면 조심해야 했다. 그것만으로도, 그러니까 생각만으로도 내가 지금 뭘 하는지 정신을 차릴 수가 없었기 때문이다. 학교 책상에 앉아 있든, 밤에 침대에 누워 있든, 거리를 걸어내려가든, 내내 태너의 입이 내 가슴을 타고 위아래로 움직이던 때를 천천히 곱씹곤 했다. 그러다가 태너의 입만이 아니라 내 가슴을 애무하는 다른 남자아이들의 입도 떠올려보기 시작했다. 어느 토요일 오후, 도서실의 철제 벽장 뒤에서 식물학 수업에서 읽어야 할 논문이 실린 오래된 잡지를 살펴보던 중이었다. 막연하게 아는 한 남자아이—그애 엄마와 우리 엄마가 같은 교회 자매회에 속해 있었다—

가 근처 탁자에 앉아 있다가 별안간 벌떡 일어나 내게로 와서는 자기 입술로 내 입술을 눌렀다. 뭘 찍어내기라도 하듯 얼마나 세게 눌렀는지 아플 정도였다. 두 가지 감정이 동시에 찾아왔다. 좋으면서 싫었다. 그애가 입술을 뗐을 때 난 그애에게 똑같이 해줬는데 이번엔 내 혀를 그애 입속에 넣었다. 그 모든 상황이 애초 예상했던 것을 넘어선 터라, 그애는 엉망이 된 바지 앞자락을 가방으로 가려야 했다. 우리는 토요일 오후에 이런 식으로 몇 번 만났다. 그애는 당시 인기가 많던 가수를 따라 퐁파두르 스타일로 머리를 매만졌는데, 난 그 가수를 전혀 좋아하지도 않았을뿐더러 그렇게 머리를 올리느라 바른 포마드 냄새가 급기야는 역겹게 느껴지기까지 했다. 시작도 그랬지만 끝날 때도 그렇게 말없이 끝났다. 나는 토요일 오후에 더이상 도서관에 가지 않았고, 그애는 길에서 마주쳐도 내게 이유를 묻지 않았다.

우리가 호숫가에 도착한 날은 무척 더웠다. 다들 그맘때 날씨로는 이례적이라고 말했다. 하지만 난 고향을 떠난 후 처음으로 행복했다. 이제 육 개월이 지났고, 앞으로 다시는 그곳에서 살고 싶지 않았다. 어떤 이유로 다시 그곳에서 살게 되더라도, 내가 태어난 순간부터 나를 알았다는 이유만으로 나를 판단할 권리가 있다고 믿는 사람들의 냉혹한 비판을 절대 받아들이지 않으리라. 게다가 계절이라는 것이 마음에 들기 시작했다. 겨울, 봄, 여름, 그리고 가을. 얼마나 멋진 이름이며, 딱 맞는 느낌인지. 여름의 열기는 내게 익숙한 열기와는 달랐다. 내게 익숙한 열기는 한번 휩쓸고 지나가면 길 위의 모든 것이 그늘을 갈망했다. 손을 뻗으면 닿을 것처럼 태양은 늘 머리 위에 있었다. 처음에는 경고처럼, 그다음에는 너무 많아 셀 수도 없는 죄에 내리는 벌처럼 압도적인 열기였다. 그런데 처음 느껴보는 이곳의 열기는 축복받은 열기였다. 유쾌한 얘깃거리였다. 직전의 육 개월과는 천지 차이였다. 게다가 낮이 정말 길었다. 여덟시나 되어야 해가 지고 그러고도 한 시간 동안 어스름이 이어지다니 참 낯선 경험이었다. 마치 대지가 서로 다른 여러 성격을 한몸에 지닌 인물처럼 여겨졌다.

매일 아침을 먹고 열시쯤이면 아이들—루이자, 메이, 제인, 미리엄—과 나는 호숫가로 나갔다. 점심으로 먹을 샌드위치를 싸서, 수영복 위에 셔츠를 걸치고 걸어갔다. 나무가 빽빽이 들어선 곳을 지나 한참 걸어가야 했다. 길은 평탄하지 않아 오르막이 있는가 하면 내리막이 있고, 피를 빨려고 달려드는 벌레떼를 늘 마주쳤다. 아이들은 그런 일에 익숙했지만 난 아니었고, 그래서 오가는 내내 불평을 하곤 했다. 호수까지 차를 몰고 갈 수도 있었지만 난 운전을 할 줄 몰랐다. 머라이어는 사람을 구할 때 수영과 운전을 할 줄 아는 사람으로 특정했었다. 하지만 면접 삼아 편지를 주고받다보니 내가 마음에 쏙 들어 그녀는 어떻게 변통할 수 있으리라고 보았다.

난 미리엄을 등에 업고 갔다. 미리엄은 그 길을 걷는 것을 아주 싫어해서 몇 걸음 걷고는 얼마나 불쌍한 표정을 짓는지 내가 업어주곤 했다. 미리엄은 보자마자 애정이 솟았다. 한참 동안 아무도 사랑하지 않다가 처음으로 사랑하게 된 아이였다. 이유는 나도 몰랐다. 미리엄에게서 풍기는 냄새가 좋았고, 그래서 아이를 무릎에 앉히고는 고개를 숙여 냄새를 맡곤 했다. 분명 미리엄을 보면서 그 나이 때 내 모습이 떠올랐나보다. 그때 엄마가 내게 해줬던 그대로 아이에게 하고 있으니 말이다. 미리엄이 밤에 잠에서 깨어 울어도, 일어나서 아이를 달래는 일이 전혀 귀찮지 않았다. 아이가 혼자 있기 싫다고 하면 내 침대로 데리고 왔다. 그러면 아이는 마음이 놓이는지 작은 팔로 내 목을 꼭 끌어안고 잠이 들었다. 그 가족과 떨어져 있을 때마다 그립고 생각나는 사람이 바로 미리엄이었다. 딱히 설명은 못하겠지만, 나는 그 꼬마를 사랑했다. 그래서 18킬로그램인 아이를 업고 십오 분 동안 숲길을 걷는 일도 마다하지 않았다.

난 숲속을 걸어가는 게 참 싫었다. 나무에 가려 햇빛이 거의 새어들지 못하는 숲길은 음침하고 축축했다. 실제 있지도 않은 어떤 사람이나 존재가 있다는 상상이, 그러려고 그런 것도 아닌데 자꾸 찾아들었다. 고향 생각이 났다. 내가 떠나온 고향에서는 어떤 존재가 이건가 싶으면 완전히 다른 것으로 돌변하는 일이 자주 일어나서 '진짜'라는 것이 없다는 사실이 떠올랐다. 아직은 엄마를 만져도 이상할 게 없는 나이에 난 엄마 무릎에 앉아 엄마 얼굴 오른편의 커다란 흉터를 어루만지곤 했다. 관자놀이 부근, 머리칼이 자라는 부분이었다. 어렸을 때 시골에서 자란 엄마는 학교를 가려면 열대우림 한 자락을 가로지르고 작은 강 두 개를 건너 먼 길을 가야 했다. 어느 날 열대우림의 숲길을 걸어 집으로 오는 길에 엄마는 나무에 앉은 원숭이 한 마리를 보았다. 원숭이가 자기를 빤히 바라보는 품이 왠지 거슬려 돌멩이를 집어 원숭이를 향해 던졌다. 원숭이가 피해서 돌은 빗나갔다. 그런 일이 며칠 계속되었다. 지나가다 원숭이를 마주치고, 빤히 쳐다보는 게 마음에 들지 않아 돌을 던지고, 원숭이가 피해서 돌은 빗나가고. 그러다 하루는 엄마가 돌을 던지자 원숭이가 그 돌을 받아 엄마에게 되던졌다. 엄마는 그 돌에 맞았고, 사람이 아니라 바닥 모를 술잔이라도 되는 양 피가 한 없이 쏟아졌다. 다들 그렇게 계속 피를 흘리다가는 결국 죽을 거라고 생각했고, 엄마가 목숨을 건지자 기적이라고 입을 모았다. 하지만 사실 그것은 외할머니가 그런 일을 수습하는 데 능했기 때문이었다.

울창한 숲속을 걸어서 지나가는 일과 관련한 일화는 그것 말고도 수 없이 많았고, 그 가운데 행복한 결말은 하나도 없었다. 그래서 나는 숲 길에 들어서자마자 대화를 시작하곤 했다. 아이들하고 하거나, 아이들 이 시들해하면 혼자서 했다. 마침내 난 여전히 두렵긴 해도 숲속을 걷 는 일에 아주 익숙해져서 혼자 다닐 수 있게 되었고, 숲에 근사한 면이 있다는 사실도 알게 되었다. 조금씩 확장해가는 내 세계에 그렇게 또 하나를 덧붙였다.

호숫가에 닿으면 아이들과 나는 더위를 식히려 물로 뛰어들었다. 호 숫가 주변을 이리저리 쏘다니고 점심을 먹고 물속에서 놀았다. 내가 책 을 읽어주기도 했다. 매일 호숫가로 나가기 시작한 지 얼마 안 되어, 우 리는 이름 모를 관목 그늘에 앉아 지나가는 사람들을 구경했다. 지나가 는 사람들을 보며 루이자와 메이는 이야기를 지어냈다. 지어내는 이야 기들이 다 저들이 어떤 종류의 개라면 어떤 식으로 살까 하는 거였다. 기발한 상상력으로 지어낸 이야기들이 얼마나 우습던지 난 하도 웃어 서 턱이 아플 정도였다. 어떤 여자가 우리 쪽으로 걸어왔다. 짙은 색 긴 머리칼이 자꾸 얼굴로 쏟아져서 그녀는 연신 양손으로 머리칼을 쓸어 넘겼다. 아이들은 그녀를 래브라도 종으로 결정한 뒤 '래비'와 관련한 이야기를 지어내기 시작했다. 가까이 왔을 때 보니 그녀는 아이들 엄마 의 친구인 다이나였다. 못 알아본 게 어처구니가 없어서 우리는 깔깔

웃었고, 그렇게 웃는 우리를 보고 다이나는 자기를 보고 좋아서 웃는다고 생각했다. 다이나는 그런 사람이었다. 자신의 존재가 다른 사람들을 정신 못 차리게 행복하게 만든다고 생각하는 사람.

내가 다이나를 만난 것은 휴가차 이곳에 도착한 다음날 밤이었는데, 난 그녀가 마음에 들지 않았다. 머라이어가 나를 소개했을 때 그녀가 던진 첫마디가 "그러니까 섬에서 온 거네?"였기 때문이다. 까닭은 모르겠지만 그 말투에 별안간 화가 치밀었다. 난 이렇게 대답할 작정이었다. "어떤 섬을 말하시는 거죠? 하와이섬? 인도네시아에 속하는 섬? 아니면 대체 어떤 섬이요?" 그것도 다이나가 스스로를 참 하찮은 존재라고 느끼게 할 말투로. 내가 딱 그런 심정이었으니까. 그런데 그즈음 나를 더 잘 알게 된 머라이어가 마치 커다란 개구리가 목에 걸리기라도 한 양 크게 헛기침을 했다. 나중에 '잠자리에 들기 전 대화'를 나누면서 그녀는 내가 다이나를 좋아했으면 한다고 말했다. 아주 대단한 사람이라고, 늘 베풀고 사랑이 넘친다고 했다. "내가 다이나에게서 가장 좋아하는 면은 삶을 오롯이 끌어안는 태도야." 그렇게 말했다. 그 말에 이런 말이 내 입에서 튀어나올 뻔했다. "그래요, 아줌마 삶 말이겠죠. 아줌마 삶을 오롯이 끌어안는 태도요." 하지만 머라이어가 그게 무슨 뜻이냐고 물으면 제대로 설명할 수 없을 것 같아서 겨우 참았다. 다이나를 보면 떠오르는 그런 부류의 여자가 싫었다. 그녀는 무척 아름다웠고 스스로도 그 점을 아주 대단하게 여겼다. 세상살이와 관련해 내가 지닌 믿음 중 하나는, 아름다움이 여자들에게 대단한 것이어서는 안 된다는 믿음이다. 어차피 사라질 것이니까. 아름다움은 사라질 것이고 뭘 어떻게 해본들 되찾을 수는 없을 테니까. 나는 다이나가 자신의 아름다움에 애착을 가지고 있다는 걸 알았다. 그녀는 정수리에서부터 끝까지 머리칼을 내내 손으로 쓸어내렸다. 손을 입가로 가져가는 버릇도 있었는데, 수줍어서가 아니라 입술에 시선을 끌려는 거였다. 립스틱 광고에 나올 법한 나무랄 데 없이 잘생긴 입술이긴 했다. 난 이런 부류의 여자를 좋아하지 않았지만, 머라이어는 다이나를 자신을 시기하는 여자가 아닌 선함과 사랑이 가득한 여자로 여기니, 결국 머라이어가 훨씬 나은 인물임을 보여줄 뿐이었다.

다이나는 이제 아이들에게 애정을 퍼붓기 시작했다. 괜히 머리칼을 헝클고 볼을 꼬집고, 나는 눈에 들어오지도 않는 양 내 무릎에 앉은 미리엄을 번쩍 들어올렸다. 다이나 같은 사람에게 나 같은 처지의 사람은 그냥 '여자애'였다. '아이들 돌보는 여자애' 이런 식으로. 내가 곧바로 그녀에 대해 판단을 내렸다는 생각을 본인은 전혀 하지 않았을 것이다. 상투적인 인물. 저렇게 되지 말아야지, 저런 건 넘어서야지, 그런 생각이 드는 인물. 닮고 싶다는 마음이 아니라 시기심을 갖고 다른 여자의 삶을 사랑하는, 내게는 아주 익숙한 그런 여자. 웃음이 나오지 않을 수 없었다. 자기도 남편이 있고 자식이 있고(아들 둘과 딸 둘), 시내와 호숫가에 각각 집도 한 채씩 있으면서. 머라이어가 가진 건 똑같이 다 가졌는데도 여전히 머라이어가 가진 것을 부러워한다. 그걸 어떻게 설명해야 할까.

내가 머라이어를 사랑했던 때는, 그녀를 보면 엄마가 떠올랐을 때다. 내가 머라이어를 사랑하지 않았던 때는, 그녀를 보면 엄마가 떠올랐을 때다. 머라이어가 식탁 앞에 서 있었다. 예전에 루이스의 출장에 동행

해 스칸디나비아에 갔다가 핀란드의 낡은 농가에서 그 식탁을 봤는데, 보자마자 얼마나 마음에 들었는지 그걸 사서 집으로 부쳤다고 한다. (이 이야기를 들었을 때 나는 세상 끝 저편에서 눈에 띈 낡은 가구 하나가 마음에 들어 평생 소유하고 싶은 마음에 그런 수고를 아끼지 않았다는 사실이 신기하고 놀라웠다.) 머라이어 주위로 분홍색 꽃과 흰색 꽃이 무더기를 이루고 있었다. 난 위층으로 올라가 아이들 목욕을 시켜야 했지만, 그렇게 아름다운 머라이어를 보고 있자니 도대체 발이 떨어지지 않았다. 이런저런 화초에 둘러싸인 엄마, 특정한 모양으로 화초를 만지고 정해진 방식으로 자라나게 하던 엄마의 모습을 얼마나 자주 보았는지. 내 기억에 엄마가 평온하게 가만히 있던 때는 그때가 유일했다. 엄마는 가만히 있어도 늘 움직이는 것처럼 보이는 능력이 있었으니 말이다. 머라이어를 보면 볼수록 내가 사랑하는 엄마의 면모가 점점 더 많이 떠올랐다. 손이 엄마 손과 아주 똑 닮았다. 손가락이 길고 손톱은 넓적한, 큼지막한 손. 두 사람의 손은 뭔가를 아름답게 차려내는 도구 같았다. 때로 강조하고 싶은 게 있으면 허공에서 손을 멈췄는데, 그럴 때면 두 사람의 손은 순식간에 무언가 특별한 것을 담은 그릇이 되었다. 그 손을 보며 악기를 아주 잘 다루게 생겼다는 생각이 드는 때도 있었다. 사실 둘 다 음악 쪽으로는 영 젬병이었지만. 내가 열심히 자신을 살피는 것을 눈치챈 머라이어가 무슨 꽃인지 궁금해서 그러는 걸로 잘못 알고는 꽃을 꽂은 크리스털 화병을 들어올리며 이렇게 말했다. "모란이야. 눈부시게 화려하지?" 난 그렇다고 말해줬다. 그리고 내일은 없다는 듯이 흐드러지게 꽃을 피우는 화초가 이런 기후에서도 자라는 줄 몰랐다고 했다. 머라이어는 화병을 내 앞에 놓더니 향기를 맡아보라고 했다. 난 향기를 맡은 뒤, 발가벗은 채 이 꽃잎으로 온몸을 덮고 누워 한없이 음미하고 싶은 향이라고 말했다. 내가 이렇게 말하자 머라이어는 학교 선생님 흉내를 내며 눈을 둥그렇게 뜨고 헉 소리를 냈다. 그러고는 깔깔거리며 어찌나 심하게 웃던지, 웃다가 화병을 깰까 봐 내려놓아야 할 정도였다. 내가 엄마와 함께 보내고 싶은 시간이 바로 이런 것이었지만, 나로서는 분명하게 알 수 없는 어떤 연유로 그 바람은 이루어질 수 없었다.

호숫가 별장으로 떠나기 전에 머라이어는 내가 외로울까봐 걱정했다. 동떨어진 느낌에 내 친구 페기를 그리워할 거라고 했다. 그녀는 페기를 좋아하지 않았다. 페기는 담배를 피우고 상스러운 말을 쓰고 딱 달라붙는 청바지를 입었고, 머리는 제대로 안 빗는 건지 자주 안 빗는 건지 엉망인데다 반짝이는 가짜 뱀가죽 부츠를 신고 다녔다. 그녀를 잘 모르는 사람들이라면 대체로 불편해할 알쏭달쏭한 분위기를 풍겼다. 어느 날 미리엄을 데리고 산책을 나갔다가 공원에서 처음 페기를 만났다. 페기는 마찬가지로 아이 보는 일을 하는 아일랜드 출신인 사촌과 함께 있었다. 사촌을 아주 싫어하지만 친척으로서의 의무 때문에 어쩔 수 없이 만난다고 했다. 둘은 영 딴판이었다. 사촌은 준수한 용모와 적절한 행동거지가 성공을 보장한다고 믿는 사람이었다. 난 아이들을 데리고 나온 그 사촌을 몇 번 본 적이 있었다. 비슷한 외국인 신분임을 바로 알아차리고는 친하게 지내보려 했는데, 잘되지 않았다. 그 사촌이 어떤 인물인지 페기가 말해주고 나서야 그 까닭을 알았다. 재밌는 사실은 페기와 나도 서로 달랐다는 점이다. 하지만 우리는 서로의 그 다른 점을 좋아했다. 같지 않은 면이라도 어쨌든 받아들였던 것이다. 페기는 읽는 걸 싫어해 신문조차도 질색했다. 햇볕을 엄청 꺼려서 내내, 그러니까 밤이든 실내든 상관없이 선글라스를 쓰고 지냈다. 아이들을 몹시 싫어했고, 자신의 어린 시절을 떠올릴 때면 증오와 경멸만 잔뜩 쏟아냈다. 고요함을 싫어했고, 딱히 뭘 보는 것도 아니면서 멍하게 가만히 앉아 있는 걸 정말 싫어했다. 페기는 부모와 함께 살았는데, 말할 수 없이 멍청한 사람들이고 아일랜드나 그 근처 출신이 아니면 다 싫어해서 나는 절대 자기 부모를 만날 일이 없을 거라고 했다. 그녀는 지갑에 중창단 가수인 세 자매 사진을 넣어 다녔다. 그들처럼 되고 싶어한다는 걸 알 수 있었다. 늘 입을 삐죽 내밀며, 비위 맞추기 힘든 까다로운 여자 같은 인상을 주려고 했으니까. 하지만 페기는 가수가 아니었고, 까다롭거나 비위 맞추기 힘든 여자도 아니었다. 그녀는 자동차 등록기관에서 서류에 승인이나 미승인 도장을 찍는 일을 했다. 페기의 집은 내가 사는 루이스와 머라이어의 집이 있는 도시에서 멀리 떨어진 곳으로, 그녀의 직장과도 꽤 멀어 매일 기차를 타고 출퇴근을 해야 했다. 처음 봤을 때 페기는 다른 사람들과 따로 떨어져 한쪽 구석에 서 있었다. 구부정한 자세로 어깨를 추켜올리고 러키스트라이크 담배를 맹렬히 빨아대고 있었다. 난 그 담배를 바로 알아봤다. 아빠가 피우던 담배와 같은 종류였다. 그 담배를 피우는 여자는 지금껏 본 적이 없었다. 늘 해보고 싶던 일이라 나도 담배를 피우기 시작했다. 하지만 연기를 들이마시는 게 쉽지 않아서 곧 그만두었다. 페기의 사촌이 우리를 서로에게 소개해주었을 때 그녀는 선글라스를 코 아래쪽으로 내리고 그 너머로 나를 바라보았다. "안녕"이라고 말했는데, 후두에 거미줄이라도 잔뜩 쳐져 있는 것처럼 목소리가 이상했다. 그녀는 기차를 한참 타고 와서 지금 막 내렸다며 이야기를 늘어놓다가 중간에 뚝 말을 끊더니 이렇게 말했다. "아일랜드 사람 아니지? 말투가 웃기네." 그 말에 난 웃고 또 웃었다. 그 렇게 우스운 말은 정말 오랜만에 들어봤기 때문이다. 아일랜드 사람들의 생김새는 나와 전혀 다르지 않겠는가. 우리는 전화번호를 주고받았고, 그뒤로 적어도 하루에 한 번은 통화했다. 더 많이 할 때도 있었다. 주말마다 만났고, 때로는 주중에도 만났다. 무슨 이야기든 다 했는데, 서로 무슨 뜻인지 정확히 이해하지 못한다 해도 상관없었다.

내가 새로 사귄 친구를 보고 머라이어는 길길이 뛰었다. 내 부모가 아니니까 내게 이래라저래라 할 수는 없었지만, 그래도 페기 같은 사람이 얼마나 나쁜 영향을 줄 수 있는지 장황하게 설교를 늘어놓았다. 페기를 집에 들여서는 안 되고 아이들과 가까이하는 일도 절대 있어서는 안 된다고 말했다. 그런데 어느 토요일, 페기와 함께 시내에서 영화도 보고 음반가게에도 들르고, 눈에 띄는 남자애들은 하나같이 너무 위험해 보여서 집까지 따라가기는 꺼려져 그냥 대마초를 사서 둘이 피우기도 하며 실컷 놀다가 페기가 집에 가는 기차를 놓쳐 내 방에서 재워줄수밖에 없게 되었다. 페기가 온 것을 머라이어가 알아채지 못하게 아침 일찍 가라고 할 수도 있었지만 그러지 않았다. 머라이어에게 페기가 기차를 놓쳤다고 하자, 머라이어는 이렇게 말했다. "페기를 정말 좋아하는 모양이구나. 음, 네게도 정말 친구는 있어야겠지." 이런 면에서 머라이어는 엄마보다 나았다. 엄마라면 나의 필요가 자신의 바람보다 더 중요하다는 사실을 결코 이해하지 못했을 테니까 말이다.

난 이제 페기가 그리웠다. 초저녁부터 잠자리에 들 때까지가 특히 그랬다. 전화는 매일 하려고 했지만—페기가 사무실에서 회사 전화로 전화를 걸곤 했다—예전과 달랐다. 머라이어는 내 기분을 눈치채고 사람들—그녀의 친구들과 내 나이 또래인 그들의 아이들—을 만나는 게 도움이 될 거라고 생각했다. 그래서 머라이어와 루이스는 파티를 열었다.

집에서, 예전 고향 집에서 난 심심풀이로 매년 아빠가 새 펠트모자와 정장구두를 주문하던 카탈로그를 앉아서 들여다보곤 했다. 카탈로그에는 옷을 입혀놓은 마네킹 사진들이 실려 있었는데, 머리도 사지도 없이 몸통만 있는 마네킹이었다. 난 내 눈앞에 있는 몸통에 어떤 얼굴이 어울릴지, 그 얼굴이 환하게 미소를 지으면 어떤 모습일지, 난데없이 우리가 서로 소개를 받으면 그 얼굴이 어떤 표정으로 나를 바라볼지 상상하곤 했다. 지금 각자 손에 음료를 들고 서 있는 이 사람들을 보자 그 카탈로그가 떠올랐다. 옷차림과 용모, 행동거지가 모두 세상 사람들이 따라야 할 모범이었다. 피터스, 스미스, 존스, 리처즈, 이런 이름들이었고, 그것은 부르기 쉬운 이름이자 세상을 움직이는 이름이었다. 무슨 영문인지 하나같이 섬—그러니까 내 고향을 말하는 것이다—에 다녀온 적이 있었고, 그곳에서 즐거운 시간을 보냈다고 했다. 난 그 이유만으로도 그들을 좋아하지 않기로 했다. 아무도 가고 싶지 않은 곳, 화산암으로 뒤덮여 예고도 없이 여기저기서 화산이 분출하는 그런 곳, 아니면 찾아오는 누구라도 땅에 발이 닿자마자 자갈로 변해버리는 그런 곳에서 태어났으면 좋았을걸 하는 바람이 다시 솟구쳤다. 누가 됐건 할 수 있는 말이라고는 "그 섬에 갔을 때 아주 즐거웠어요"가 고작인 그런 곳에서 태어났다는 것이 왠지 수치스러웠다. 다이나는 남편과 남동생을 대동하고 나타났다. 머라이어는 내가 그 남동생을 만나보기를 진심으로 바랐다. 나보다 세 살 많고, 일 년 동안 아프리카와 아시아를 돌며 여행을 하다가 막 돌아왔다고 했다. 아주 세상사에 밝고 총명하다고도 했다. 잘생겼다고는 하지 않았고, 그를 처음 봤을 때 나도 잘생겼는지 아닌지 판단할 수가 없었다. 소개를 받은 뒤 그가 처음 한 말은 "고향이 서인도제도 어디예요?"였고, 그래서 난 그를 상당히 좋아하게 되었다.

그의 이름은 휴였다. 목소리가 마음에 들었는데, 딱히 무엇이 생각나서가 아니라 그냥 좋았다. 눈도 마음에 들었다. 그냥 갈색 눈이었다. 그의 입도 마음에 들었고, 그 입이 내 몸 구석구석에 입맞추는 것을 상상했다. 그냥 평범한 입이었다. 그의 손이 마음에 들었고, 그 손으로 내 몸 여기저기를 애무하는 것을 상상했다. 어디를 보나 특별한 구석이 없는 손이었다. 따뜻한 갈색 코트 같은 색깔의 머리칼은 광택을 입힌 면사를 아무렇게나 잘라놓은 듯이 들쑥날쑥했다. 나보다 13센티미터쯤 작았고, 그 점이 특히 마음에 들었다. 백단유 냄새가 났다. 아빠가 일요일마다 쓰는 면도용 크림과 같은 냄새라 그 냄새를 알았다. 만나자마자 우리는 둘이서만 이야기를 나눴다. 지워지지 않을 인상을 남길 셈으로 하는 이야기는 전혀 없었다. 종내는 다른 사람들에게서 멀리 떨어져 거대한 들장미 울타리 뒤쪽 잔디에 함께 앉았다. 한참 동안 아무 말 없이 있다가 휴가 말했다. "살면서 익숙해진 모든 것에서 멀리 떨어질 수 있다면 그게 가장 행복한 일 아닐까? 나 자신도 내가 누군지 알지 못하고 내가 속했던 그 모든 것들로 과연 돌아가고 싶은 건지도 확실히 알 수 없을 만치 멀리 떠나가는 거지." 나는 그게 무슨 뜻인지 너무 잘 알았고, 그래서 그가 세상에 남은 마지막 존재라도 되는 양 한숨을 쉬며 그에게 바짝 붙었다. 그가 내 얼굴에, 귀에, 목에, 그리고 입에 입을 맞췄다. 그것이 지금껏 내가 알고 있던 그 무엇보다 좋았다면, 그 이유는 분명 아주 오랫동안 누구도 그런 식으로 나를 애무해준 일이 없었기 때문일 것이다. 내가 고향에서 너무 멀리 떨어져 있었기 때문일 것이다. 그를 사랑해서는 아니었다.

우리는 여전히 잔디 위에 누워 있었다. 발가벗은 채로. 사위가 상당히 어두워졌지만 공기는 여전히 후끈했다. 아주 진한 들장미 향이 공기 중에 가득했다. 나를 이루는 것은 다 좋은 것들뿐이라는 그런 기분에 잠겨 있다가 나를 지켜야 한다는 사실을 잊었다는 생각이 문득 떠올랐다. 자신을 지키는 일을 절대 잊지 말라고 머라이어가 그렇게 신신당부했는데. 머라이어는 주치의에게 나를 데리고 갔고, 페기와 놀러 나갈 때마다 의사에게 받은 것을 꼭 사용해야 한다고 당부했다. 생리가 시작되려면 이 주 정도 남았는데, 생리가 나오지 않을지도 모른다는 생각에 갑자기 몸이 굳었다. 그 이 주 동안 한없이 뜀박질을 하는 기분이었다. 이 주가 지날 무렵이면 생리가 시작되든지 아니면 지쳐서 죽어버릴 것 같았다. 내가 너무 심하게 몸을 떨었으므로 휴가 알아차리고는 "왜 그래?" 하고 물으며 나를 가까이 끌어당겼다. 그는 내 겨드랑이 털에 얼굴을 묻었다. 내 가슴을 통째로 삼켜버릴 것처럼 처음엔 한쪽 가슴을, 그다음엔 다른 쪽 가슴을 입에 넣었다. 방금 경험한 그 기분을 다시 느끼게 하려는 것이었지만, 이제 내 머릿속에는 과거의 일이 맴돌 뿐이라 나는 당혹감과 두려움에 휩싸였다.

열두 살쯤 되었을 때 2.7미터 길이의 천을 선물로 받았다. 흉한 무늬의 천이었다. 가로로 '판도라'라는 단어가 적힌 갈색 상자가 여럿 있고, 열린 뚜껑 아래로 검은 털 짐승이 기어나오는 모습이 그려져 있었다. 엄마의 허락을 받아 그 천으로 원피스를 지었다. 교회에 입고 가기엔 적합하지 않지만 축제에는 입고 갈 만했다. 민소매에 하트 모양 목둘레선을 넣었다. 그 원피스를 입고 나간 어느 날, 팔을 머리 위로 들어올리다가 그 놀라운 존재를 보았다. 갈색의 곱슬곱슬한 털이 겨드랑이 군데군데에서 자라고 있었다. 내게는 절대 일어나지 않으리라 여겼던 일의 징조를 이런 식으로 마주하고는 경악했다. 내 삶의 어떤 부분을 더이상 엄마나 다른 누구에게 비밀로 할 수 없으리라는 징조 말이다. 나를 보면 누구든 내 몸에 무슨 일이 일어나는지 알 수 있는 것이다. 목욕 수건으로 겨드랑이를 박박 문질렀지만, 털은 사라지지 않고 그대로였다. 소용없으리라는 건 알았지만 그래도 해보지 않을 수 없었다. 그러다가 몸의 한 부분에서 털이 나면 아마 다른 부분에도 날 거라는 생각이 떠올랐다. 나는 팬티 안으로 손을 넣어 만져보았다. 최악의 사태에 대한 두려움은 현실이 되었다. 그곳에서도 역시 털이 나고 있었다. 아기 머리털처럼 곱슬한 짧은 털. 나는 이따금 엉망진창의 상황과 마주해 마음이 무척 심란하면, 이제 꿈에서 깰 거야, 깨면 돼, 이렇게 혼잣말을 하곤 했다. 하지만 이건 꿈이 아니라 진짜 내 삶이었다. 내 몸이 달라지고 있었고, 그걸 막을 방도는 없었다. 그로부터 얼마 지나지 않아, 학교에 가기 전에 목욕할 준비를 할 때였다. 아침에 늘 하던 집안일을 하는데 몸이 좀 이상했고, 배가 아프고 오한이 있다고 엄마에게 투덜거렸다. 나는 목욕을 하려고 옷을 벗고 팬티를 내렸다. 팬티에 검붉은 얼룩이 있었는데, 그게 피라는 것은 알아보지 못했다. 그래도 어쨌든 겁을 집어

먹은 나는 큰 소리로 엄마를 불렀다. 내가 어떤 곤경에 빠졌는지 알고 엄마는 웃고 또 웃었다. 안도감을 주는 상냥한 웃음이었다. 그러면서 엄마는 언젠가는 제발 팬티에서 핏자국을 볼 수 있게 해달라고 무릎 꿇고 빌 날이 있을 거라고 했다.

그후 이 주 동안 내가 생리 때문에 노심초사하며 지낸 건 아니었다. 생리가 시작되지 않으면 무슨 일이 있어도 생리가 나오게 만들겠다고 작정했다. 어떻게 하는지도 알았다. 어떨 때 생리가 없는지 정확히 설명하지는 않은 채, 엄마는 생리가 나오지 않으면 이러이러한 약풀을 뜯어서 끓이고, 그렇게 만든 약물을 특정한 시간에 마시라고 알려주었다. 자궁을 튼튼하게 하는 방법이라고 했지만, 생리가 나오지 않는 이유가 자궁이 약해져서가 아니라는 것은 엄마도 나도 알았다. 내가 안다는 것을 엄마도 알았지만, 우리는 서로에게 아무것도 모르는 순진하고 정중한 표정을 내보였고 마지막에는 무릎을 굽혀 맞절까지 했다. 다만 만약 지금 내게 그 약풀이 필요해진다면, 내가 사는 이곳에서는 자라지 않으므로 엄마에게 편지를 써서 약풀을 보내달라고 해야 한다는 것이 문제였다. 곤란한 일이었다. 내가 그 특정한 약풀을 필요로 한다는 사실만으로도 엄마는 내가 어떤 상황에 처했는지 빤히 알게 될 텐데, 미혼모라는 취약한 처지에 놓인 내 모습을 엄마에게 보이느니 차라리 죽어버리겠다는 것이 내가 늘 해오던 생각이었다.

나는 정말이지 오랜만에 앞날을 내다보게 되었다. 날이 바뀔 때마다 무한한 기쁨과 뜻밖의 행복이 찾아오리라 여겼다는 뜻이 아니다. 그냥 내 몸 안에 어떤 느낌, 경이로운 느낌이 있었다. 누군가 묻는다면, 그래요, 어쨌든 삶이 그렇게 형편없지는 않아요, 하고 대답했을 것이다. 휴

때문에 그렇게 기분이 좋은 거냐고―내가 휘파람을 부는 것을 지나가다 보았기 때문이다―물은 이는 머라이어였다. 난 아니라고 대답했지만 그녀가 내 말을 곧이곧대로 믿지 않는다는 걸 알았다. 누군가와 그런 방식으로 함께 있는 일이 좋다면 그것은 곧 사랑에 빠진 거라고 그녀는 이해했기 때문이다. 하지만 난 휴와 사랑에 빠지지는 않았다. 지금 상황에서 사랑에 빠지는 건 삶을 복잡하게 할 뿐이었다. 좀처럼 끊어버릴 수 없는 관계에서 벗어난 지 이제 겨우 반년이 지났는데, 벌써 새로운 관계를 만들고 싶은 마음은 없었다. 난 이 모든 상황을 아주 편하게 받아들였다. 휴의 손과 입을 떠올리기만 해도 마치 내 몸이 값비싼 실크로 이루어진 기분이었다. 하지만 혹시 그가 예기치 못한 여행을 떠나 한참 동안 돌아오지 못하더라도, 아직 싫증이 나지 않았으니 몹시 아쉽기는 하겠지만 어깨 한 번 으쓱하곤 대수롭지 않게 넘길 터였다. 내가 약간 무릎을 구부려 휴의 볼에 입맞춤을 한 뒤, 차에 올라타 그의 모습이 보이지 않을 때까지 한없이 손을 흔들 9월 15일이 벌써 내다보였기 때문이다. 얼마나 곱실거리는지 그의 손가락에 휘감기는 내 머리칼과 다른 부위의 털을 좋아하는 이 아이―이 남자라고 해야 하려나―를 꽉 붙드는 일은 내 나이 또래가 할일은 아니었고, 분명 내가 할 일도 아니었다.

머라이어와 다이나와 그들의 지인들은 주변 시골 풍경이 망가지고 있다며 분통을 터뜨렸다. 예전에 농장이 있던 자리에 주택들이 무수히 들어서고 있었다. 머라이어는 원래 광활한 목초지였다는 곳을 내게 보여주었다. 어렸을 때 그곳에서 개똥지빠귀의 알을 찾아다니고 야생화를 꺾으러 다녔다고 했다. 이 목가적인 풍경이 사라진다며 얼마나 호들 갑을 떨었는지, 막 엄마에게 반항하기 시작할 나잇대에 접어든 루이자가 이렇게 말했다. "그럼 지금 우리가 사는 이 집 자리에는 예전에 뭐가 있었는데?" 사실 나도 묻고 싶은 질문이었다. 그 질문에 머라이어의 얼굴에 떠오를 상처받은 표정을 볼 자신이 없었을 뿐이다.

머라이어는 사라져가는 것들을 다루는 그림책을 쓰고, 그것을 지키려 애쓰는 단체에 수익금을 기부하겠다고 결심했다. 머라이어와 마찬가지로 그 단체 회원들은 모두 부유했지만, 눈앞에서 진행되는 세상의 피폐화와 자신들의 안락한 삶을 연결시키지 못했다. 나는 그에 관해 한두 마디 말을 해줄 수도 있었다. 그들이 자신들의 해로운 약물을 조금이나마 맛보는 걸 보니 참 근사하다고 말해줄 수도 있었다. 머라이어는 어떤 날엔 아침 일찍부터 늦은 오후까지 밖을 돌아다니며 주변의 다양한 서식지에 있는 생물종을 스케치했다. 그녀를 보면 만물이 멸종 직전이라 당장이라도 지구상에서 사라져버릴 것 같았다. 머라이어는 내가 아는 가장 상냥한 사람이었다. 그러니 그런 관심과 우려가 새삼스러울 것도 없었다. 그 상냥함이 안락한 환경에서 살아온 덕분이라고 말할수도 있겠지만, 같은 처지라도 상냥하지도 않고 배려심도 없는 사람들은 쌔고 쌨다. 구하고 싶은 것들을 다 구하고 나면 그녀 자신의 처지는 예전만 못하게 될 거라고 꼬집어 말해줄 수 없는 것도 그런 이유에서였다. 루이스가 매일 주식거래인과 나누는 대화를 잘 따져봐라, 그것이 당신의 눈앞에서 영원히 사라져가는 것들과 관계가 있지 않겠냐, 그런 말은 차마 할 수 없었다. 평소라면 내가 즐겨할 법한 말이었는데, 내가 그렇게나 머라이어를 좋아하게 된 것이다.

루이스가 채소를 기르겠다며 흙을 갈아엎어 작은 텃밭을 만들었다. 새순이 올라오자 어떤 동물이 뜯어먹었고, 그 일을 두고 머라이어와 루이스 사이에 의견 충돌이 있었다. 여기 내려와 있을 때 루이스는 딱히 하는 일이 없었다. 사무실에서 보내주는 신문을 읽고 온갖 종류의 책을 읽었다. 호수가 내다보이는 이 집에서 지내는 것은 그가 원한 일이 아니었다. 그는 머라이어와 달리 이 집이 6월 중순부터 9월 중순까지 머무를 수 있는 세상의 유일한 장소라는 듯 굴지 않았다. 내 생각에는 그래서 그가 소일거리 삼아 텃밭을 만들어 깍지콩과 시금치, 상추, 그리고 포도만한 열매가 열리는 토마토를 심은 것 같았다. 수년 동안 이렇게 텃밭 일을 해왔고, 말하자면 자기 노동의 결실을 무척 만족스러워했다. 그런데 이번에는 새순이 나는 족족 어떤 동물이 밤사이 다 뜯어먹은 것이다. 루이스가 텃밭 주변으로 울타리를 쳤지만, 그 동물은 울타리 아래로 기어들어와 새순이란 새순은 남김없이 먹어치웠다. 루이스는 머라이어와 아이들이 아주 귀여워해서 집안까지 끌어들인 토끼 무리의 짓이라고 확신했다.

다들 식탁에 앉아 머라이어가 구운 맛있는 딸기파이를 막 먹었을 때 루이스가 다시 망가진 텃밭 이야기를 꺼냈다. 화제가 토끼로 옮겨가는 것을 막으려고 머라이어는 움트는 새순을 따먹는 벌레가 있나보다고, 그렇지만 당연히 살충제를 뿌릴 수는 없으니 벌레의 천적을 이용하는 친환경적 방법을 찾아보라고 루이스에게 말했다. 일이 분쯤 흐른 뒤, 망가진 텃밭이 모두의 머릿속에서 사라질 때쯤, 머라이어는 정말이지 환희에 찬 목소리로 진입로 입구 근처에서 또다른 토끼 가족을 봤다고 말했다. 바로 몇 센티미터 앞까지 다가와 마치 무슨 말이라도 할 것처럼, 자기들 삶의 비밀을 들려주기라도 할 것처럼 눈을 똑바로 바라보는데 얼마나 놀랍고 신기했는지 모른다고 했다. "맙소사! 망할 토끼들!" 루이스가 이렇게 내뱉더니 주먹을 말아 쥔 양손을 한껏 위로 쳐들었다가 식탁을 내려쳤다. 얼마나 세게 내려쳤는지 탁자 위에 있던 그릇과 수저, 받침에 놓은 찻잔, 빈 파이 접시 등이 모두 지진이라도 난 듯 달그락거렸고 쓰러진 유리잔 하나는 바닥으로 떨어져 박살이 났다. 우리 모두 루이스를 쳐다보았다. 긴 침묵이 이어졌고, 그사이 우리는 루이스를 바라보는 일 말고는 할 수 있는 일이 없었다. 그 침묵 속에서 무수히 많은 일이 벌어졌을 것이다. 아이들은 그것을 완전히 이해하기에는 너무 어렸고, 난 이런 상황에는 전혀 익숙지 않았다. 하지만 머라이어는 입 밖으로 튀어나오는 것을 필사적으로 막으려는 듯 양손으로 입을 틀어막았다. 나는 생각했다. 문명사를 들여다보면 별의별 일이 다 나와 있잖아. 심지어 바닥에 떨어져 박살난 유리잔에 대한 이야기도 있지. 하지만 식탁에서 벌어진 참사에 대해서는 단한 마디 말도 없어. 우리 모두 그 순간에 갇힌 채 그대로 앉아 있었다. 그 상황은 틀림없이 각자에게 다른 의미로 다가왔겠지만 누구에게도 좋은 의미는 아니었다. 미리엄이 울음을 터뜨리면서 마침내 주문이 풀렸다. 뭔가 잘못되었는데 정확히 뭐가 잘못되었는지 모를 때 아이들이 그러듯이 울음을 그치지 않았다. 나는 달랠 셈으로 미리엄을 안아 들고 자그마한 머리에 입을 맞췄다. 사실 나 자신에게 그렇게 해주고 싶은 심정이었다. 막 발견한 어떤 것을 잃어버릴 것만 같은 기분이었으니까. 난 아이들을 일으켜 위층 내 방으로 데려갔고, 함께 진 러미 카

드놀이를 했다.

　어느 날 머라이어는 루이스를 졸라 함께 습지에 갔다. 그날은 내가 답장을 쓰지 않을, 엄마의 열번째 편지가 온 날이었다. 앞선 아홉 통의 편지와 마찬가지로 봉투를 뜯어보지도 않을 작정이었다. 두 사람이 차를 타고 나가는 소리를 분명 들은 것 같았다. 비포장도로를 굴러가는 차의 바큇소리를 들었다고 믿었다. 그렇게 믿지만 확실하게 그랬다고 말할 수는 없다. 그냥 그러려니 했을 수도 있으니까. 뒷날 차문이 쾅 닫히는 소리나 비포장도로를 달리는 차 바큇소리로 뭔가를 예상할 수 있었을까, 그런 생각이 들곤 했다. 아이들과 호숫가에 갈 준비를 하는데 비명소리가 들려왔다. 우리는 비명소리가 들려온 창문 쪽으로 달려갔다. 머라이어가 합창단 지휘를 하듯이 허공에 팔을 휘저으며 울면서 집 쪽으로 달려오는 것이 보였다. 그녀가 집안으로 달려들어왔고, 무슨 일인가 해서 우리가 막 아래층으로 내려가려는데 루이스가 시야에 들어왔다. 느릿느릿 걸어오는 그의 손에는 축 늘어진 작은 동물 한 마리가 들려 있었다. 토끼였다. 얼굴 표정이 묘했다. 사진에서 봤을 법한 소년, 엄마의 찻잔 아래 살아 있는 쥐를 몰래 놓고는 바라던 일이 일어나자 왜들 이 난리래, 하면서 모르쇠 잡는 소년 같아 보였다. 루이스는 집 쪽으로 걸어오다가 무슨 낌새를 느꼈는지 위쪽을 올려다보았다. 커다란 유리창 틀 속에 옹기종기 들어찬 우리 다섯 명의 얼굴을 보았을 것이다. 그가 잠깐 멈춰 섰다. 자기 아이들의 얼굴에서 무엇을 보았는지 알 수 없지만, 난 문득 그가 불쌍하다는 마음이 들었다. 마치 지금 이 순간을 일생에서 가장 불행한 날 중 하나로 기억하게 될 것처럼, 자포자기한 불행한 모습이었다.

그들은 장례식을 치르고 토끼를 묻어주었지만, 난 도저히 그 자리에 함께할 수 없었다. 그 장례식은 엄마와 아빠와 아이들이 꾸리는 삶에 보편적으로 존재하는 허위—내가 이제 알아차리기 시작한—의 또다른 예일 뿐이었다. 예전엔 가족생활의 허위가 오직 나와 우리 가족에게만 존재한다고 보았다. 내가 열어보지 않은 엄마의 편지가 그 사실을 보여주는 결정적인 증거였다. 머라이어와 루이스는 토끼를 보지 못해 차로 치었다고 말했는데, 내가 듣기에는 차가 저 혼자 달렸다는 것을 아이들이 믿어주었으면 하는 말투였다. 하지만 아이들이 방에서 나가고 나면 머라이어는 토끼를 일부러 치었다고 루이스를 비난할 것이고 루이스는 정말 사고였다고, 토끼를 피한다는 게 하필이면 토끼가 달아난 쪽으로 차를 돌렸다고 말할 것이다. 그러면 머라이어는 이렇게 묻겠지. "하지만 토끼를 치어서 유감스럽지 않아?" 그러면 그는 "응, 그렇게 된 게 난 전혀 유감스럽지 않아"라고 대답할 것이다. 거기엔 커다란 차이가 있지만, 그런 상황에서 머라이어가 그걸 알아보리라 어떻게 기대할 수 있겠는가?

모든 게 예전과 마찬가지였지만 그 무엇도 예전과 같지 않았다. 수년 전 이런 진실을 처음으로 깨달았을 때 엄마에게 그런 말을 했는데, 엄마에겐 그것이 전혀 새삼스러운 일이 아니라서 난 말문이 막혔다. 어느 날인가 루이자가 학교 친구에게서 받은 편지를 읽고는 내게 이렇게 말했다. "우리 엄마랑 아빠는 서로 아주 사랑해." 그 말을 얼마나 힘주어 하던지 난 아이를 찬찬히 뜯어보았다. 그 얼굴에 뭔가 드러나지 않을까 싶어서. 난데없이 왜 그런 말을 하지? 편지에 적힌 말 때문에?

아니면 집안 분위기 때문에? 나는 그보다 몇 시간 앞서 방에 들어가다가 머라이어가 루이스에게 이렇게 말하는 것을 들었다. "우리 무슨 문제가 있는 거야?" 그때 그들의 친구 다이나가 들어왔다. 매일 하는 산책을 하던 중에 인사나 할 셈으로 들른 것이었다. 다이나가 들어오기 전에 머라이어와 루이스는 마치 서로 다른 행성에서 온 두 존재가 공통된 역사의 증거를 찾으려 애쓰다 결국 아무것도 찾지 못한 듯한 분위기로 서 있었다. 끔찍했다. 다이나가 들어오자마자 루이스의 기분이 확 달라졌다. 이제 머라이어는 한 공간에 있다고 할 수도 없었다. 그는 다이나와 한 공간에 있었다. 두 사람은 같은 화제를 두고 깔깔거렸고, 그들의 요란한 웃음소리는 허공으로 퍼져 무성한 풀처럼 서로를 휘감았다. 머라이어는 이를 알아채지 못하고 어떻게든 대화에 끼어보려 했지만, 뭔가에 대해 한 마디 꺼낼라치면 두 사람은 벌써 전혀 다른 새로운 주제로 넘어가 있었다. 모든 게 워낙 순식간에 일어나 내가 다이나를 그렇게 싫어하지 않았다면 아마 나도 눈치채지 못했을 것이다. 하지만 난 알아챘고, 어떤 단서를 알려주기라도 할 것처럼 지도 위의 작은 구역이 따로 떨어져나와 확대되듯이 그 점이 중요해 보였다. 난 머라이어와 함께 그 방을 나왔는데, 애초에 가지러 갔던 물건을 잊고 그냥 나와버려서 다시 돌아갔다. 루이스가 다이나의 뒤에 서서 어깨를 감싸안고 그녀의 목을 한없이 핥는 것이 보였다. 다이나는 또 얼마나 좋아하던지. 이건 쇼가 아니라 진짜였다. 머라이어가 떠올랐다. 그녀가 루이스를 처음 만났을 때부터 시작해서, 파리의 에펠탑 그늘 아래라든지 런던의 빅벤 그늘 아래, 그런 별의별 멍청한 장소에서 찍은 사진을 잔뜩 꽂아놓은 앨범들이 떠올랐다. 그때 머라이어는 빗지도 않은 금발

머리를 치렁치렁 늘어뜨리고, 뭔가 주장하는 바가 있는 것처럼 다리나 겨드랑이 털을 밀지도 않았다. 그때 그녀는 처녀가 아니었고 한참 전부터 그랬다. 그것 말고도 두 사람이 부모님의 뜻을 거스르고 몰래 올렸던 결혼식 사진과 병원에서 갓 태어난 아이들을 찍은 사진, 생일 파티라든지 협곡이나 사막이나 산으로 여행 갔을 때 사진, 그리고 온갖 다른 행사 사진이 있었다. 그런데 지금 여기 아무도 찍지 않을 사진이 있었다. 결국 그 앨범 속 어디에도 꽂히지 못하겠지만 그럼에도 아주 중요한 사진.

다이나는 내가 익히 아는 유형의 여자였다. 루이스 같은 남자도 그렇고. 남자란 대체로 특정 영역에서는 신뢰할 수 없는 존재임을 내 고향에서는 다들 잘 알았다. 얼마간의 여자들도 그렇고. 아빠가 낳은 자식만 해도 아마 삼십 명은 될 것이다. 아빠 자신도 확실히 몰랐다. 한참 세어보려 애를 쓰다가 포기하곤 했다. 아빠의 애를 낳은 한 여자는 내가 엄마 뱃속에 있을 때 나를 죽이려 했다. 그전엔 엄마를 죽이려다가 실패한 적도 있었다. 아빠는 몇 년 동안 딴 여자와 살림을 차려 아이를 셋이나 낳았다. 그 여자가 엄마와 나를 몇 번이나 죽이려 했다. 그런 시도가 성공하지 못하도록 엄마는 금요일마다 주술사를 찾아갔다. 엄마가 아빠와 결혼했을 때 아빠는 나이가 많았고 엄마는 젊었다. 두 사람에게는 그것이 딱 좋았다. 엄마에게 아빠는 엄마를 귀찮게 하지 않으면서 다른 여자들 보기 창피한 일을 벌이지도 않을 남자였고, 아빠에게 엄마는 늙어 망령이 났을 때 자신을 돌봐줄 여자였으니까. 이 상황을 딱히 본보기로 받아들이긴 어렵지만, 엄마는 남자와 결혼할 때 행복보다는 자기 마음의 평화를 훨씬 더 열심히 따져봤다는 걸 알 수 있었다.

머라이어는 루이스가 이제 자신을 사랑하지 않는다는 사실을 몰랐다. 그녀로서는 상상할 수 없는 일이었다. 하늘을 나는 새나 물속을 헤엄치는 물고기나 인류 자체가 전멸하는 일은 상상할 수 있어도, 자신이 지금껏 사랑한 유일한 남자가 이제는 자신을 사랑하지 않는다는 건 상상할 수 없었다. 머라이어가 날씨에 대해 불평을 늘어놓고, 평소라면 알아채지도 못했을 온갖 것들에 대해서도 불평을 늘어놓았다. 내 행동을 나무라고, 그렇게 나무란 자신을 책망했다.

별장을 떠나기 한 달 전에 난 모든 것에 작별을 고했다. 호수를 그리워하는 일은 없을 것이다. 사실 고약한 냄새가 났고 호수에 사는 물고기는 그 물 때문에 죽어갔다. 한참 이어진 뜨거운 날씨도 그립지 않을 것이고, 그늘진 시원한 숲도 그립지 않을 것이고, 신기한 새들도 그립지 않을 것이고, 해질 무렵 먹이를 찾아 나오는 동물도 그립지 않을 것이다. 이미 오래전에 그 무엇도 그리워하지 않으리라 결심했기에 아무것도 그립지 않을 것이다. 난 노래를 불렀다. 전부 무지개가 끝나는 곳에 금 단지는 없다거나 착한 일을 하면 꼭 벌을 받는다거나, 아니면 보람 없는 짝사랑에 대한 노래였다. 그 노래들을 목청껏 부르며 내용을 마음에 새겼다.

휴에게도 작별인사를 했다. 당연히 그는 몰랐겠지만. 밤늦은 시간에 발가벗고 호숫가에 누워 있을 때였다. 커다란 달이 둥실 떠 있었다. 달무리가 진 걸 보니 다음날 비가 올 모양이었다. 난 휴에게 키스했다. 혀로 입천장을 애무했다. 내가 이렇게 입안에 넣었던 다른 모든 혀를 떠올렸다. 겨우 열아홉 살이었으니 아직 그리 많지는 않았다. 태너가 있었다. 태너는 내가 남자아이와 할 수 있는 모든 것을 처음으로 다 해본 애였다. 처음으로 우리가 해보고 싶은 것을 다 했던 그날 그는 방바닥에 큰 수건을 깔고 내게 누우라고 했다. 자기 침대가 낡아 스프링 소리가 요란하다면서. 흰 수건이었는데, 나중에 일어나보니 핏자국이 있었다. 그는 핏자국을 보고는 겁에 질려 뻣뻣하게 굳었다가 곧 미소를 지으며 "오"라고 했다. 그 말투가 너무나 의기양양했으므로, 난 어떻게 그럴 수 있었는지 잘 모르겠지만 아주 차분하게 "생리가 시작되는 거야"라고 말했다. 난 처녀성을 지키는 데 관심이 없었고, 오히려 그 딱지를 뗄 날을 오래도록 고대해왔다. 하지만 자기가 내 첫 경험 상대였다는 사실을 얼마나 대단하게 여기는지가 눈에 보였고, 그런 식의 권력을 내게 행사하게 둘 수가 없었다. 그전에 학교 친구였던 한 여자아이와도 키스를 한 적이 있는데, 친한 친구라 서로 연습을 했을 뿐이었다. 그리고 도서관에서 키스를 하던 남자아이가 있었는데, 어떤 식으로든 좋아하는 감정이 다 사라진 이후에도 그저 내 키스로 그애가 정신을 못 차리는 것을 보려고 한참 더 그렇게 지냈다. 어느 날 밤, 내 친구 페기와 나는 시내를 돌아다니다가 음반가게에서 한 남자아이를 만났다. 우리가 좋아하는 가수를 닮은 얼굴이라 관심이 갔다. 같이 커피를 마시자고 제안하니까 좋다고 했는데, 커피를 마시며 하는 얘기가 그저 미식축구뿐이었다. 페기는 어떤 스포츠든 스포츠 얘기만 나오면 아빠가 떠올라 질색을 했고, 내가 좋아하는 스포츠는 아빠가 했던 크리켓뿐이었다. 우린 너무 실망해서 함께 내 방으로 돌아와 마리화나를 피웠고, 지칠 때까지 키스를 하다가 곯아떨어졌다. 페기의 혀는 가늘고 뾰족하고 부드러웠다. 난 그렇게 휴에게 작별을 고했다. 팔과 다리로 그를 꼭 끌어안고, 그 입안에 혀를 넣고 전에 이렇게 끌어안았던 사람들을 하나하나 떠올리면서.

차가운 가슴

루이스와 머라이어의 아파트에는 창문마다 둥글고 구불구불하게 장식된 철창이 설치되어 있었다. 어쩌다 아이들이 창틀로 올라갔다가 미끄러지더라도 십층에서 아래쪽 보도로 떨어지는 일이 없도록 말이다. 아이들의 생명을 보호하려는 것이니 아주 합당한 일이지만 그래도 난 당혹스러웠다. 부유하고 안락하고 아름답고, 세상이 알아서 최고의 것들을 다 그 앞에 대령하는 이런 지위의 사람들은 안전하지 않나? 손톱이 부러지는 일도 절대 없지 않을까?

나는 그렇게 생긴 거실 창문 앞에 서서 거리를 내려다보았다. 10월의 추운 날이었고, 자잘한 쓰레기들이 바람에 이리저리 날렸다. 지구의 축이 기울어져 있고 그래서 계절이 생긴다고 어릴 적 학교에서 배웠다. 꽤 어렸을 때였는데도 난 잘사는(그러니까 분명 행복한) 사람들은 다들 일 년 삼백육십오 일이 뚜렷한 네 계절로 나뉘는 지역에 산다는 사실을 알았다. 내가 태어나 자란 곳은 기울어진 자전축의 영향을 전혀 받지 않는 곳이었다. 해가 쨍쨍하고 가뭄에 시달리는 단 하나의 계절만 있는 곳. 그런 장소에서 자라면서 난 어떤 영향을 받았을까? 나는 눈부신 햇빛을 닮은 기질을 가지지 못했고, 실제 행복이라는 측면에서 오래도록 가뭄에 시달렸을 뿐이다.

내가 서 있는 창문에서 건너편 아파트가 들여다보였다. 남자와 여자, 그리고 아이들이 살았다. 이런저런 시간대에 그들을 관찰한 적이 있었다. 목욕 가운을 입은 모습, 야회복을 입은 모습, 일상적인 평상복을 입은 모습. 뭔가 흥미로운 일을 하는 모습은 단 한 번도 보지 못했다. 입맞춤을 한다든지 말다툼을 한다든지 하는 것 말이다. 그 방이 기착지라도 되는 양 그들은 언제나 그저 지나쳐갈 뿐이었다. 지금은 아무도 없었다. 소파와 의자 두 개가 보이고 한쪽 벽엔 책이 꽂혀 있다. 집에 빈 방이 있다는 건, 누구에게도 딱히 필요하지 않은 그런 방이 있다는 건 얼마나 호사스러운 일일까, 하는 생각이 들었다. 세상 사람들이 다 그래야 하는 거 아닐까? 필요한 것보다 많이, 집집마다 딱 필요한 것보다 하나씩은 방이 더 있어야 하는 거 아닐까? 머라이어의 생각은 정반대이므로 그녀에게 할 질문은 아니었다. 그녀는 가진 것이 너무 많아 덜 가졌으면 하고 바랐다. 덜 가지면 행복해질 거라고 믿었다. 나로서는 가진 게 너무 많아서 일어나는 불행을 바라보면, 재미도 있고 기분 전환이 되었다. 가진 게 너무 없어서 벌어지는 일들은 하도 많이 봐서 뻔했으니까. 그러다가 내가 요즘 같은 꿈을 반복해서 꾸고 있다는 생각이 떠올랐다. 엄마의 아름다운 무명 머릿수건으로 싼 선물이 있었다.

무엇인지는 몰랐지만, 나를 엄청나게 행복하게 해줄 선물이었다. 딱 하나 문제가 있다면 거무죽죽한 깊은 웅덩이 밑바닥에 있다는 점이었는데, 웅덩이 물을 아무리 퍼내고 또 퍼내도 늘 바닥이 보이기 전에 꿈에서 깼다.

일요일이었다. 머라이어와 루이스는 아이들을 데리고 사과를 따러 간다며 시골 어딘가로 가고 아파트에는 나 혼자 있었다. 그들이 집을 나설 때의 모습으로 말하자면, 잘 몰랐다면 나라도 "정말 행복한 가족이네!"라고 할 정도였다. 아이들은 옷을 잘 차려입고, 머라이어가 특별히 구입한 재료로 만든 머핀과, 특별하게 길러졌을 돼지와 닭에게서 얻은 베이컨과 달걀로 아침을 든든하게 먹은 후였다. 그들은 승강기를 기다리면서 웃고 떠들었다. 오늘 재미있고 사랑스러운 아버지 역할을 맡은 루이스는 사자 가면을 쓰고는 사자와 영 어울리지 않는 말과 행동을 했다. 그러면 아이들은 꺅 소리를 지르고 깔깔대면서 신이 나서 서로의 몸 위에 엎어졌다. 승강기가 도착했는데도 아이들이 차분히 올라타지 않아서, 아이들 웃옷과 장갑과 모자를 챙겨든 머라이어가 병아리 떼를 모는 농장 부인 흉내를 내며 휘이휘이 아이들을 몰았다. 모두가, 부모와 네 아이들 모두가 건강하고 팔팔해 보였다. 어느 면으로 보나 견고하고 진실했다. 하지만 지금 눈앞에 보이는 것은 폐허라는 사실을 나는 곧장 깨달았다. 이 로마제국이 실제로 멸망하는 모습을 곁에서 지켜보는 일이 없기를 바랐지만, 혹시라도 재빨리 그곳을 벗어나지 못했을 경우 난 눈을 돌릴 작정이었다.

난 페기의 전화를 기다리고 있었다. 일요일이었으므로 페기는 엄마와 함께 교회에 가고, 그다음엔 혼자 살겠다고 고집을 피우는 연로한 친척을 찾아갔을 것이다. 페기가 전화로 우리가 공원에서 만날 시간을 알려주기로 했다. 공원에서 산책을 하며 구경을 하다가 같이 자도 괜찮겠다 싶은 남자를 고르는 게 일요일 오후마다 우리가 하는 일이었다. 남자들의 엉덩이와 다리, 어깨, 얼굴을 주의깊게 살폈는데, 특히 입이 중요했다. 하지만 모든 면에서 검열을 통과했을 때도 페기는 바로 접근하지 않았다. 손을 자세히 살펴보고는, 다른 면은 그럭저럭 괜찮지만 손이 너무 작다고 말하곤 했다. 남자가 손이 작으면 성기도 작다는 뜻이라고 내게 말했다. 얼마나 엄숙하게 그 말을 했는지, 교리 시간에 배운 게 아닌가 싶었다. 처음 그 말을 들었을 때 난 전혀 몰랐던 사실이라 깜짝 놀랐다. 성기 같은 것이 모두 크기가 제각각일 거라고는 상상도 못했던 것이다. 내가 성기가 작은 게 무슨 상관이냐고 페기에게 묻자, 페기는 눈썹을 치켜올리며 그저 "실망스럽지"라고만 했다. 난 남자의 손 크기를 제대로 평가할 수 없다는 사실이 곧 분명해졌으므로 그 일은 페기가 맡게 되었다. 공원에 갔다가 집에 돌아가는 길에는 늘 우리 둘뿐이었다.

난 일요일을 좋아하지 않았고 이번 일요일도 다르지 않았다. 일요일에 대한 이런 감정이 지구 반 바퀴를 돌아 여기까지 쫓아오다니 믿을 수가 없었다. 나 스스로도 설명할 수가 없었다, 이런 느낌을. 일요일이 뭐라고? 일요일만 되면 너무 절망스러워서 차라리 행주처럼 쓸모 있는 존재가 되는 게 낫겠다 싶었다. 고향에서 엄마 아빠와 함께 살 때, 앞에 보이는 거대한 대양을 건너기만 하면 분명 내 뒤를 따라오지 못할 것들의 목록을 만들곤 했다. 장소만 바뀌면 내가 가장 경멸하는 것들을 완전히 내 삶에서 쫓아내버릴 수 있으리라 보았다. 하지만 실상은 그렇지 않았다. 하루하루가 내 앞에 펼쳐질 때마다 만사가 어디나 매한가지라는 걸 알게 되었다. 현재가 형체를, 내 과거의 형체를 갖기 시작하는 것이 보였다.

내 과거는 엄마였다. 엄마의 목소리를 들을 수도 있었다. 내게 말할 때 이따금 사용했던 영어나 프랑스어도 아니고, 혀를 놀려서 발음해야 하는 언어도 아니고, 여자라면 누구나 이해할 수 있는 그런 언어로 엄마가 내게 말을 걸었다. 그리고 틀림없이 난 여자였다. 아, 그건 조롱의 웃음이었다. 엄마처럼 되기 싫다는 말을 얼마나 오랫동안 되뇌며 살았던지 그러다가 사정의 전말을 놓치고 말았다. 난 엄마처럼 되지 않았다―난 그냥 엄마였다. 미미하게나마 몇 번 엄마와 나 사이에 선을 그으려는 시도를 했을 때 엄마의 대답이 어째서 항상 이러했는지도 이제 알 수 있었다. "멀리 도망갈 수는 있겠지. 하지만 내가 네 엄마라는 사실에서 벗어날 수는 없어. 내 피가 네 속에 흐르고 있고, 넌 아홉 달 동안 내 뱃속에 있었으니까." 그것이 상상할 수 있는 어떤 쇠창살보다 더 단단한 창살이 달린 감옥에서 죽을 때까지 살라는 선고가 아니면 무엇이겠는가? 바로 그즈음 내 방에는 뜯어보지 않은 엄마의 편지 뭉치가 있었다. 한 통에 일 년씩 쳐서, 지금까지 내가 살아온 삶에 해당하는 열아홉 통의 편지. 편지를 뜯어볼까 하는 생각도 했다. 읽어보려는 게 아니라, 읽지 않은 편지의 네 귀퉁이를 태워서 다시 보낼까 싶어서. 연인 사이에서 상대를 거절할 때 그렇게 한다고 어디선가 읽었는데, 편지를 너무 가까이했을 때의 나 자신을 믿을 수가 없었다. 단 한 통이라도 읽게 되면 분명 죽을 만치 엄마가 그리워질 테니까.

페기는 내게 전화를 하지 않고 직접 아파트로 찾아왔다. 가족에게서 당장 벗어나고 싶었다고 말했다. 다들 아주 하잘것없는 인물들이라며. 경멸감 가득한 그 말투가 얼마나 부럽던지. 페기에게는 가족이 행사하는 마력이 전혀 없다는 것이 눈에 보였으니까. 페기와 공원으로 나갔다. 으레 그렇듯 손이 큰 남자들은 찾을 수 없었다. 우리는 각자 볼일을 보러 가면서, 다음날 통화하기로 약속했다. 난 루이스와 머라이어의 아파트로 가서 내 방 침대에 앉았다. 여기서 보낸 여름을 떠올려보았다. 겉으로는 달라 보이는 것들 사이에서 동일성을 발견했다. 무척이나 행복한 순간들을 맛보았고 내 미래를 상상해보고픈 갈망이 생겼지만 동시에 환상이 깨지며 대단한 실망감을 맛보기도 했다. 하지만 삶이란 이래야 하지 않을까? 한없이 나를 끌어내리는 위험하기만 한 저류低流가 아니라 이렇게 기복이 있는 게 맞지 않을까?

난 호숫가 별장에서 돌아오자마자 야간학교에 다니는 일을 그만두고, 간호사 공부도 그만하겠다고 결심했다. 내 미래가 어떤 가능성을 품고 있건, 간호사는 그 안에 속하지 않았다. 누군지 모르겠지만 어쩌다가 내가 간호사가 될 수 있겠다고 생각했는지 의아했다. 난 누군가에게 지시를 받는 일도 그렇고 다른 사람을 수발드는 일에도 능숙하지 않았다. 내가 훌륭한 의사나 행정가가 될 수 있다는, 뭔가를 직접 운영할 수 있겠다는 생각은 왜 아무도 하지 못했을까? 어린 시절엔 다들 내가 똑똑하다고 했다. 나 스스로 그 말을 믿은 적은 없지만 그 덕에 또래들 사이에서 대장 노릇을 하곤 했다. 내가 아는 한 간호사는 보수도 낮고, 자기 윗사람(의사)을 어쩔 수 없이 받들어 모셔야 했다. 차고 거친 손에, 혼자 살면서 요리사를 따로 둘 형편은 못 되므로 형편없는 음식을 먹고, 고통을 덜어준답시고 고통을 가중시키는(주사를 제대로 못

놓아서) 인물이었다. 내가 아는 사람 가운데서도 그런 인물이 있었다. 엄마 친구였는데, 내가 태어났을 때 나를 받아주었다. 엄마는 앞에서는 그 사람을 존중하는 척했지만 뒤에서는 별의별 흉을 다 봤다. 예를 들면 이런 식이었다. 남자는 절대 못 만날 거다. 어떤 남자도 사귀고 싶어 하지 않을 테니까. 행동거지가 철제 금고 같은데다, 그 표정을 보면 어떤 남자도 그걸 열고 싶은 마음이 안 들걸. 혼자 산 지 너무 오래되었으니 이제 남자와 뭘 어떻게 해보기에는 너무 늦었지. 그런데 내가 고향을 떠나기 직전에 엄마는 이런저런 말과 더불어 이런 말도 했다. "아, 간호사복 입은 네 모습이 눈에 선하네. 얼마나 자랑스럽겠니." 어떤 간호사복을 말하는 건지는 추측만 할 수 있었다. 천으로 만든 실제 간호사복을 말하는 건지 간호사복이 풍기는 분위기를 말하는 건지 말이다.

침대에 앉아 일요일의 우울함에 푹 젖어 있자니 이런 생각이 들었다. 이 세상에 나 혼자뿐이고 앞으로도 늘 이럴 거야. 세상천지에 아무도 없이 나 혼자라고.

엄마가 시달렸던 것과 아주 똑같은 격심한 두통을 나도 겪기 시작했다. 마치 벼락이 내리듯이 불시에 찾아와 한동안 지속되다가 사라졌다. 언제 또 시작될지 알 수 없었으므로 겁이 났고, 엄마가 떠올라서 겁이 났다. 어느 날 엄마와 말다툼을 벌이다가, 난 아무리 내 의지를 내세워봐도 또 엄마에게 질 수밖에 없겠구나 하는 절망감에 엄마를 똑바로 보며 "엄마가 죽어버렸으면 좋겠어"라고 말했다. 그 말을 얼마나 사납게 내뱉었는지 엄마가 아닌 다른 사람에게 그렇게 말했다면 분명 그소망이 실현되었을 것이다. 물론 다른 사람에게 그런 말을 할 일은 없었다. 내게 그 정도로 중요한 사람은 없었으니까. 내 비위를 맞춰주지 않으려는 엄마의 마음은 엄마를 지워버리고 싶은 내 갈망보다도 강렬했지만, 어쨌든 내가 그런 걸 바란다는 사실에 너무 큰 충격을 받은 엄마는 두통에 시달리게 되었다. 얼마나 심한지 아예 자리에 누웠다. 그 상태는 며칠 동안 계속되었고, 밤에 집안에서 무슨 소리가 들리면 난 엄마가 세상을 떠나서 장의사가 와 시신을 실어가는 소리라고 확신했다. 아침에 엄마 얼굴을 다시 볼 때마다 난 속으로 기쁨에 전율했다. 그래서 어떤 약으로도 잠재울 수 없는 똑같은 두통에 시달리는 지금, 눈앞에 엄마의 얼굴이 떠올랐다. 무엇 때문에 생긴 두통인지, 어떻게 생겨먹은 두통인지 다 아는 듯, 마치 신의 얼굴 같은 그 얼굴이.

예상했다시피 페기와의 우정은 교착상태에 빠지고 말았다. 소소한 차이들이 갈수록 크게 보였고, 때로는 오로지 그것만이 중요한 문제 같았다. 눈에 들어간 티끌처럼. 페기는 어떤 책이든 읽고 싶어하지 않았다. 박물관에 가는 것도 싫어했다. 난 박물관에 푹 빠져 있었다. 내가 나고 자란 곳에는 그런 장소가 없었지만, 박물관이라는 데를 알고 나자 내가 가고 싶은 곳은 그곳밖에 없었다. 머라이어가 처음 날 데리고 갔다. 어떤 프랑스 남자가 지구 반대편으로 가 살면서 그렸다는 원주민 그림을 보여주고 싶다고 했다. 은행에서 일하며 부인과 자식과 함께 안락한 삶을 살았는데, 그 삶이 행복하지 않았다고 했다. 결국 가족을 버리고 지구 반대쪽으로 갔고, 거기서 행복하게 살았단다. 머라이어가 의도했는지는 모르겠지만, 난 단박에 그 남자의 갈망에 공감했다. 태어나 자란 곳이 더는 견딜 수 없는 감옥처럼 느껴져, 익숙한 것들과는 전혀 다른 어떤 것을 갈망하는 일, 그리고 그것이 안식처가 되어주리라는 사실을 알아차리는 일을 다 이해할 수 있었다. 그의 절망을 자세히 알고 싶었다. 그걸 알면 내게 위안이 될 것 같았다. 물론 그의 삶을 알고 싶으면 책을 찾아보면 된다. 남자의 생애는 언제나 책에 기록되어 있다는 사실을 막 알게 된 참이었으니까. 그는 타락한 기존 질서에 저항한 인물로 그려져 있었다. 원하는 것을 이루지 못할 운명—그는 요절했다—이었지만 그에게선 영웅의 분위기가 풍겼다. 나는 남자가 아니었다. 나는 세계 끝자락에서 태어난 여자애였고, 고향을 떠나는 내 어깨에는 하인의 망토가 둘러져 있었다.

이런 생각에 젖어 있는데, 머라이어가 불쑥 내 앞에 나타났다. 내 얼굴 표정을 보고 무척 놀랐는지 이렇게 말했다. "넌 정말 화가 많은 애구나, 그렇지?" 놀라움과 연민이 모두 담긴 목소리였다. 대답으로 뭔가 그녀를 안심시켜주는 말을 하는 게 좋았을 것이다. 그렇지 않다고 말이다. 하지만 난 대신 이렇게 말했다. "물론 화가 많죠. 당연한 거 아니에요?"

페기가 나는 한 번도 가본 적이 없는 동네에서 열리는 파티에 나를 데리고 갔다. 가로등도 별로 없고 건물마다 관리가 엉망이고 도처에 쓰레기가 널려 있고 거리에는 오가는 사람들도 거의 없었다. 그렇지만 난 전혀 겁나지 않았다. 오히려 흥미진진했다. 우리는 어떤 건물로 들어가 시멘트 계단을 올라갔다. 촛불이 밝혀진 커다란 방에 들어서자 열대우림에서 자란다고 알고 있는 화초들이 가득했다. 열대우림에서 그 나무들이 자라는 걸 직접 본 적이 있었다. 방안에서 몰약과 마리화나 냄새가 진동했다. 페기의 직장 동료가 여는 파티였는데, 우리가 피우는 마리화나가 대개 그 사람에게서 얻은 것이었다. 사무실에서 무슨 일을 하는지는 모르지만 자신이 평생 하고자 했던 일이 아니라고 했다. 그는 그림을 그렸고, 그림 몇 점이 벽에 걸려 있었다. 인물화였는데, 나체인 여성도 있었고 얼굴만 그린 것도 있었다. 어느 그림도 사실적이지 않았다. 막 파문이 일어 출렁거리는 물 표면에 비친 상 같았다. 색도 기묘했다. 실제 사람의 색이 아니라, 물감 통에 있는 진한 색을 다 조심스레 섞었는데 여전히 각각의 색이 나타나는 것 같았다. 페기가 그 사람 이야기를 들려준 적이 있었다. 변태라고 했다. 난 그게 정확히 무슨 뜻인지도 몰랐고, 페기는 그의 어떤 말이나 행동 때문에 그런 생각이 들었는지 자세한 이야기는 해준 적이 없었다. 어쩌면 페기에게 입을 맞추려 했을지도 모른다. 페기는 상대의 입에서 담배맛이 난다면 모를까 남자와 키스하는 걸 질색했다. 처음 인사하는 자리에서 그가 내 손을 잡고는 볼에 입을 맞췄다. 그가 여자들과 인사하는 방식이 그랬다.

그의 이름은 폴이었다. 난 작은 목소리로 "안녕하세요"라고 예의바르게 말했다. 엄마가 내게 바랐을 법한 깔끔하고 나무랄 데 없는 처녀의 목소리로. 하지만 실제 내 기분은 정반대였다. 그가 내 손을 잡고 볼에 입을 맞추자마자 기분좋으면서도 야릇한 느낌에 사로잡혔다. 나는 발가벗고 그와 침대에서 뒹굴고 싶었다. 출렁거리는 물 표면에 비친 상이 아닌 진짜 그의 모습이 보고 싶었다.

파티 참석자는 페기와 나를 포함해서 열 명이었다. 페기는 그 모두를 이러저러하게 알았다. 난 다 처음 보는 사람들이었다. 이것은 페기의 삶에서 내가 모르는 부분이었는데, 그 까닭을 알 것도 같았다. 다들 대단한 수다쟁이였고, 그것도 페기가 싫어하는 수다쟁이였다. 세상에 대해서, 자기들에 대해서 이러쿵저러쿵 떠들고, 자기들 말이 뭐라도 되는 듯이 굴었다. 그들은 예술가들이었다. 이런 부류의 사람들에 대해 들어본 적이 있었다. 내가 나고 자란 곳에서는 한 번도 본 적이 없는 부류였다. 대부분 남자들이라는 점이 눈에 띄었다. 그런 부류에게는 무책임함이 상당히 용납되는 모양이니 아마 남자에게 훨씬 더 적합하겠지. 내가 즐겨 찾는 박물관에 걸린 그림을 그린 그 화가처럼 말이다. 그래, 이런 사람들에 대해서라면 들은 바가 있었다. 정신이 이상해져서 생을 마감했고, 죽을 때 빈털터리였고, 같은 부류가 아니라면 누구도 그들을 좋아하지 않았다고 했다. 내가 아는 사람들 중에서 정신이 나가서 죽은 사람들과 술을 너무 많이 마셔서 죽은 사람들과 빈털터리로 죽은 사람들을 모두 떠올려보았고, 그들 중에 예술가가 있었을까 궁금해졌다. 누가 알겠어? 그러면서 이런 생각을 했다. 난 예술가는 아니지만, 주류에서 비껴난 사람들과 함께하는 일은 언제나 좋아할 거야. 요즘 깨닫기 시작했는데, 무슨 일을 하든 정확한 방식을 아는 사람들, 그러니까 찻잔을 쥐는 법이나 포크로 찍은 음식을 옷 앞자락에 흘리지 않고 입으로 가져가는 법을 아는 사람들, 그런 사람들이야말로 이 세상 대부분의 불행에 책임이 있고, 미칠 일도 빈털터리로 생을 마감할 일도 별로 없는 사람들이기 때문이다.

난 마리화나를 꽤 많이 피워 딴 세상에 있는 듯한 행복감에 젖었다. 창틀에 놓인 화분에서 자라는 어떤 화초를 뚫어지게 보았다. 내가 알기로는 캐시와 대거였다. 캐시는 푼지*와 소금에 절인 생선과 함께 먹었

---

* 옥수숫가루와 오크라로 만드는 앤티가 음식.

다. 내장을 깨끗하게 해주는 채소라고 했다. 대거는 돌로 두드려 끈처럼 만들어서 머리를 땋듯이 땋았다. 크리스마스가 오면 광대가 그것을 옷에 달기도 했고, 채찍처럼 휘둘러 허공을 가르는 무시무시한 소리를 내서 아이들을 겁주었다. 이 두 가지 화초는 고향에서는 워낙 지천으로 자라서 대개 잡초처럼 골치 아픈 존재로 여기고 뽑아서 쓰레깃더미에 던져버리기도 했다. 그런데 지금 이곳에서는 특별한 파란색 조명을 받으며 아름다운 방안의 아주 눈에 잘 띄는 곳에 모셔져 있었다. 그리고 어떤 면에서 잡초라 할 나 역시 여기 있었고, 방 건너편에서 폴의 반짝이는 푸른색 눈빛이 나를 향하고 있었다. 그 눈을 보니 예전에 내가 가지고 있던 행운의 구슬이 떠올랐다. 그걸로 구슬놀이를 하면 늘 이겼기 때문에 행운의 구슬이었다.

보통 사람들은 이런 순간이 바로 사랑에 빠지는 순간이라고 하지만, 난 사랑에 빠지지 않았다. 그런 건 내가 원하는 바가 아니었다. 아직 세상을 너무 모르는 탓에 내가 어떤 일에 대해 무슨 생각을 하는지 제대로 몰랐던 것도 사실이지만. 어쨌든 행운의 구슬을 상기시키는 눈을 지닌 그 남자를 바라보던 그때 난 내가 사랑에 빠졌는지 그 문제를 따져보고 싶지는 않았다. 그저 발가벗고 방안에 그와 단둘이 있고 싶었다. 그가 내 쪽으로 와서 옆자리에 앉았다. 고향이 어디냐고 물었다. 내 머리칼을 만졌는데, 이런 감촉의 머리칼을 그가 처음 만져본다는 걸 알 수 있었다. 난 내가 이런 소리로 웃을 수도 있었나 싶게 웃었다. 즐거운 척 꾸며내는 깔깔거리는 웃음소리였다. 얼마 전만 해도 내가 무척 경멸해 마지않았을 그런 여자가 낼 법한 웃음소리였다. 다들 자리를 뜬 후에도 난 남아 있기로 그와 말없이 합의했다.

그때 눈을 들었더니 페기의 파란 눈이 날 쏘아보고 있었다. 그 눈도 반짝거렸는데, 분노로 이글거려서였다. 페기가 화장실로 따라오라는 손짓을 했고, 함께 들어가서는 이렇게 말했다. "저 사람 이상하다고 내가 말했잖아, 변태라고." "하지만 난 마음에 드는걸." 내가 그렇게 말하는 순간 우리 사이에 어마어마한 정적이 내려앉았다. 함께 과거를 저울질해보고 미래를 내다보려는 그런 정적이라, 그러니까 현재가 아주 싫어졌다는 뜻이라 친구 사이에서는 위험천만한 정적이었다. 전혀 행복하지 않은 정적. 페기가 담배에 불을 붙였다. 머리카락이 앞으로 쏟아져 얼굴을 가렸다. 쓸어넘겨도 다시 쏟아졌다. 페기가 이를 내보이며 내 쪽으로 담배 연기를 훅 뿜었다. 이런 적은 처음이었다. 우리는 말다툼을 한 적도 없었다. 난 페기를 제치고 남자를 선택한 적이 한 번도 없었다. 페기가 말했다. "그 손을 보면 거시기도 분명 작을 거라는 게 안 보여?" 난 '뭐, 그럼 내 입에는 꼭 맞겠네'라고 말하고 싶었지만 차마 그 말을 우리 사이의 마지막 말로 만들 수는 없었다. 틀림없이 마지막 말이 되었을 테니까. 나는 그 순간 우리가 각자 지금까지의 우리 관계를 뒤돌아보고, 서로 간의 애정과 함께한 멋진 순간들이 한순간에 끝나버리는 상상을 했다. 난 아무런 대답도 하지 않았다.

화장실을 나서면서 아마 우리는 이 자리에서 완전히 끝장을 내지 않았다는 사실에 안도했을 것이다. 하지만 우리는 조만간 서로에게 막연하게 '아, 맞아……' 하고 떠올리는 존재가 될 거라는 사실도 알았다. 방안에서 요란한 웃음소리가 터져나왔다. 다들 폴을 바라보고 있었고, 폴은 수족관에 손을 넣어 불가사리 모양의 라인스톤 귀걸이를 잡으려 애쓰고 있었다. 수족관에 든 모든 것이, 산호와 물풀, 모래, 심지어 물고기조차 비현실적으로 보이는데도 그 귀걸이는 묘하게 자연스러워 보였다. 수족관 속을 휘젓는 폴의 손도 기이해 보였다. 생명을 다 빨아내는 용액에 담겨 있는 듯 뼈만 남은 것처럼 보였다. 그러자 이 일이 기억났다.

예전에 알았던 아이들 중에 머나라는 여자아이가 있었다. 엄마가 얼마나 학대를 했는지 친엄마가 아니라 사악한 계모 같았다. 아마 그런 상황이어서 머나는 어디를 보나 평균보다 성장이 느렸는지도 모른다. 몸집과 이목구비만이 아니라 심지어 머리카락도 손톱 길이에서 더 자라지 않았고, 그래서 '삐쭉삐쭉 머리'라고 불리기도 했다. 우리집 길 건너에 살았지만 친하지는 않았다. 하지만 우리집과 개네 집 모두 어부인 토머스 씨와 매슈 씨와 거래를 하고 있었기 때문에 그애와 나는 뜨거운 태양을 피해 나무 아래 나란히 서서 그들이 그날 잡은 물고기를 가지고 돌아오기를 기다리곤 했다. 어느 날 매슈 씨 혼자 배를 타고 돌아왔다. 토머스 씨도 없었고 물고기도 없었다. 바다에 나가 있을 때 난데없이 돌풍이 불었고, 파도에 휩쓸려가는 물고기 단지를 잡으려다가 토머스 씨도 바다에 빠져버렸다고 했다. 매슈 씨는 자기 입으로 그렇게 말하면서도 믿을 수가 없는 듯했다. 잘못 안 거라고, 다 머릿속에서 상상한 것일 뿐이라고 누군가 말해주길 기대하듯이. 너무 참담해 보이는 그 모습에 나도 말할 수 없이 마음이 아팠다. 그는 어릴 적에 고아가 되었다. 그의 부모는 사탕수수밭에 불이 났을 때 빠져나오지 못해 모두 죽었다. 그런데 지금 그는 또다시 고아가 된 것이다. 서로 무척 의지하는 사람들이 대개 그렇듯이 매슈 씨와 토머스 씨도 서로에게 부모 역할을 해주었기 때문이다. 그가 울음을 터뜨렸다. 정말 서러운 울음소리였다. 나는 남자도 그런 울음소리를 낼 수 있다는 것을 몰랐다. 무슨 말이라도 해주고 싶었다. 위로가 되고, 잠깐이라도 슬픔을 잊을 수 있을 그런 말을. 하지만 내가 할 수 있었던 말은 겨우 이랬다. "불쌍한 토머스 아저씨. 토머스 아저씨도 아저씨랑 오래오래 함께 살고 싶으셨을 텐데, 여기서 둘이 함께 그물을 고치면서." 이 말을 하면서 나는 그것이 내 의도와 정반대로 작용하리라는 것을 알았지만 나로서도 어쩔 수가 없었다. 나는 몸을 돌려 머나의 팔을 잡고 집 쪽으로 걸어갔다.

얼마간 걸어가다가 머나가 엉엉 울고 있음을 알았고, 다른 사람에 대한 내 판단은 늘 빗나간다는 생각이 들었다. 누군가 물었다면 난 머나가 토머스 씨의 죽음을 딱히 슬퍼하지 않을 것이고 그런 면에서라면 달리 뭐가 됐든 별다른 감정이 없을 거라고 대답했을 것이기 때문이다. 그래서 팔로 그애의 어깨를 감싸 꼭 끌어안고는 나 자신도 믿지 않는 허튼소리를 해주었다. 토머스 씨가 더 좋은 세상으로 갔을 거라는 둥, 토머스 씨가 그렇게 바다에 빠진 것에는 뭔가 원대하고 현명한 큰 뜻이 있을 것이라는 둥. 그러자 그애가 나를 확 밀쳤다. 분노와 경멸로 눈이 이글거렸다. 그러더니 이렇게 말했다. 자기는 토머스 씨 때문에 울고 있는 게 아니라고, 자신이 불쌍해서 우는 거라고. 토머스(이젠 '씨'라는 호칭도 붙이지 않았다)를 자기 집 뒤편 진입로 입구 근처의 변소 쪽 빵나무 아래에서 만나곤 했다고 말했다. 옷은 다 입은 채로 팬티만 벗고 어둑어둑한 그곳에 서 있으면 그가 가운뎃손가락을 안으로 밀어넣었다고 했다. 집을 너무 오래 비우면 엄마가 의심을 했기 때문에 오래 걸리지는 않았다고 했다. 머나나 토머스 씨나 그 일을 절대 입 밖에 내지 않았고, 나무 아래에서 기다려도 토머스 씨가 나타나지 않을 때도 많았지만 그가 이유를 설명하는 법은 없었다. 손가락을 빼고 나면 그녀에게 1실링을 주기도 하고 6펜스를 주기도 했다. 왜 어떤 때는 많이 주고 어떤 때는 적게 주는지 이유는 말해주지 않았다. 그녀는 돈을 오벌틴* 깡통에 넣어, 엄마가 쌓아놓은 돌더미 한가운데에 묻어뒀다고 했다. 그 돈으로 뭘 할지는 아직 결정을 못했지만, 뭘 하려 해도 아직은 돈이 충분하지 않다는 것이었다. 그래서 우는 거라고 했다. 결국 그 돈으로 무엇을 하든 아직 돈이 충분하지 않아서.

당연하게도, 이 놀라운 이야기를 들으면서 내게 온갖 감정이 찾아들었다. 다 예상할 만한 감정이었는데, 다른 모든 감정을 압도한 감정이 하나 있었다. 질투심이 치솟았던 것이다. 그렇게 굉장한 일이 왜 내가 아니라 쟤한테 생긴 거지? 토머스 씨는 몰래 만나서 자기 가운뎃손가락을 집어넣을 사람으로 왜 내가 아니라 쟤를 고른 거지? 둘이 만나서 한 일이 겨우 맑은 빗물 한 컵을 나눠 마신 일에 불과하다는 듯이 머나의 말투는 무심하고 무미건조했다. 그것이 내 삶의 제일가는 경험이 될 수도 있었는데. 앞으로의 삶에 마땅히 지침이 될 만한 그런 경험. 이렇게 허비하다니! 머나에게는 그 일이 아무런 의미도 없었다. 그저 돈 이야기뿐이었고, 하다못해 그 돈으로 뭘 할지 계획도 없었다. 나라면 돈은 문제가 아니었을 것이다. 그런 돈은 다른 애들한테 줘버릴 수도 있었다. 사실 머나의 자리를 차지하기 위해서라면 어떻게든 1, 2실링을 훔쳐서 토머스 씨에게 줄 수도 있었을 것이다. 아, 세상사가 이렇게 부당하다니. 토머스 씨는 이런 거래를 하기 위해 머나에게 어떤 말을 했

---

* 주로 우유에 타 마시는 코코아맛 가루.

을까? 그리고 다시 묻자. 난 왜 그런 말을 듣지 못했을까?

　그는 입이 크고 입술도 두툼한데다 넓적한 혀를 가졌던 것으로 기억한다. 웃음이 워낙 호탕해서 입안이 다 들여다보였다. 술꾼들이 대개 그렇듯이 눈에는 핏발이 서 있었다. 얼마나 골초였는지 우리에게 줄 물고기를 들고 가까이 다가오면 바다 비린내보다 담배 냄새가 더 심했다. 그는 나를 꼬마 아가씨라고 불렀다. 한번은 엄마가 한 주 치 물고깃값을 손에 들려서 그 집―그와 매슈 씨가 함께 사는 집―으로 보냈는데, 그가 문간에 나왔다가 나를 보고는 "오, 이런!" 하면서 다시 집안으로 들어갔다. 웃통을 벗은 팬티 바람이었기 때문인데, 아빠 것처럼 샴브레이 천으로 만든 심하게 헐렁한 팬티였다. 그는 여기저기 기운 낡은 무명 셔츠를 입고 다시 나왔고, 피우던 담배는 등뒤로 들고 있었다. 아빠나 가까운 친척이 아닌 다음에야 내 앞에서 대놓고 담배를 피우는 건 무례한 일이었기 때문이다. 물고깃값을 주자 그는 고맙다고 했고, 내가 돌아가려고 몸을 돌리자 이렇게 물었다. "지내기가 어떠신가, 꼬마 아가씨? 학교는 재밌고?" 그래서 난 "괜찮아요, 그런대로요"라고 대답했다. 엄마를 그대로 흉내낸 대답이라는 건 나 자신도 알았고, 그가 웃음을 터뜨린 걸 보면 그도 알았을 것이다. 그의 커다란 혀와 잇몸과 이가 훤히 들여다보였다. 단둘뿐인데 내 말에 그가 그렇게 맘껏 호탕하게 웃자, 나는 너무 당황스러워서 인사도 못하고 허청거리며 그곳을 나섰고, 그가 내 뒤에 대고 소리쳤다. "신의 가호가 있기를, 꼬마 아가씨." 우리 둘 다 마음 상할 일은 없었다고 알려주려는 것이었다. 내가 아는 토머스 씨는 그런 사람이었다. 바다에 나가 늘 내가 좋아하는 물고기를 잡아다준 좋은 사람. 엄마는 그 물고기를 라임즙과 버터와 양파와 피망을 넣어 만든 소스로 요리했다. 만약 그럴 기회가 있었다면 토머스 씨 역시 그 꼬마 아가씨는 어디를 보나 나무랄 데 없는 십대 소녀라서 뭐라도 물어보면 마흔 살 먹은 엄마처럼 대답한다고 말했을 것이다. 몰래 만날 만한 상대는 전혀 아니었겠지.

머나가 이야기를 끝마친 후 우리는 아무 말 없이 집으로 걸어갔다. 할말이 너무 많았고 물어보고 싶은 것도 너무 많았지만, 어디서 어떻게 시작해야 할지 알 수 없었다. 하나라도 물어보면 내 감정이 드러날까봐, 그애에게 지금 들은 일을 내가 얼마나 빠삭하게 아는지 눈치챌까봐 겁이 났다. 예를 들어 "느낌이 무지 좋았어?"라고 물어볼 수는 없었다. 그것이야말로 내가 가장 궁금한 것이었지만 말이다. 그렇게 묻자마자 사실 내가 속으로 "그 일은 나한테 일어났어야 해! 나여야 했다고!" 이렇게 고함을 지르고 있는 것을 은연중에 내비치게 될지도 몰랐다. 솔직하지 않게, 나무라는 투로 온갖 적절한 말을 할 수도 있었지만, 그애는 비난 같은 건 신경도 쓰지 않는다는 걸 알았다. 곧 우리집과 그애 집이 눈에 들어왔다. 그래서 난 짐짓 동정하는 표정과 목소리를 꾸며내 "아팠어?"라고 물었다. 그러자 그애가 내게 지어 보인 표정은, 내가 쓰레기가 된 기분이었다.

그날 밤 나는 당연히 잠들지 못하고 침대에 누운 채 그날 있었던 일을 생각했다. 토머스 씨가 바다에 빠진 일보다는 머나와 토머스 씨가 변소 근처 골목에서, 빵나무 그늘 아래에서 만났던 일을 곱씹었다. 가족들 식사 준비를 하고, 옷을 빨고, 집에서 멀리 떨어진 수돗가에서 물을 길어오고, 수족처럼 가족들의 온갖 수발을 든 후에, 마침내 자신도 저녁을 먹고 길고 고된 하루가 끝나갈 무렵에 아마 변소에 가는 척하

며 나와 어둠 속에서 토머스 씨를 기다렸을 그애를 상상해보았다. 그애
는 머리칼에 입을 맞췄다든지 혀를 격렬하게 귀나 입 속으로 집어넣었
다든지 목덜미에 입을 맞췄다든지 손으로 가슴을 애무했다는 말은 하
지 않았다. 그저 다리 사이로 손을 가져가 손가락 하나를 안으로 쑥 넣
었다고 했을 뿐. 거기서 잠깐 생각이 멈췄다. 토머스 씨 손이 어떻게 생
겼더라? 알 수가 없었다. 당시 기분으로는 죽을 때까지 그 궁금증이 날
떠나지 않을 것 같았다. 손을 제대로 본 적이 없었다. 그의 입과 치아,
잇몸, 심지어 발까지, 기억나는 것은 많았다. 그의 발은 크고 넓적했다.
발꿈치는 갈라져 있었다. 신발을 신은 건 본 적이 없었다. 한번은 그가
뻘밭을 걸어가는 모습을 보았다. 부드러운 진흙이 발가락 사이로 삐져
나와서 네 개씩 동그란 흙덩어리가 생겨났다. 하지만 손은—손이 어떻
게 생겼더라? 기억이 나지 않았고 이제 영영 알 수 없을 터였다. 그렇
게 앞으로 아주 잘 알게 될 그 손—수족관을 휘젓는 폴의 손—으로 인
해 따뜻한 바닷속 깊이 영원히 사라져버린 다른 손을 떠올리게 된 것
이다.

사이가 소원해졌으므로 자연스럽게 페기와 나는 함께 살 아파트를
구하자는 이야기를 시작했다. 흔해빠진 일이었다. 서로 사랑하는 두 사
람은 사랑이 식기 시작하는 순간 결혼하기로 결정한다. 우리 생각은 이
러했다. 페기가 부모 집에서 매일 기차로 출퇴근을 하지 않아도 된다
면 좋지 않을까? 어차피 페기는 부모가 세상만사에 어떤 생각을 가지
고 있든 전부 끔찍해하는데. 나도 머라이어와 루이스의 아이들을 돌보
며 그 집에서 살지 않아도 된다면 좋지 않을까? 아무때나 내가 편한 대

로, 내키는 대로 들락날락하면서 나 자신의 삶을 살 수 있다면? 나로서는 머라이어와 루이스의 집에서 지내는 생활에 아무 문제도 없었지만, 어떤 식으로든 평생 그 아이들을 돌보며 산다는 것은 상상할 수 없었다. 아이들이 언제까지나 아이인 것도 아니고. 그러잖아도 언제부터인가 목줄 매인 개가 된 기분이었다. 느슨하긴 했지만 어쨌든 목줄에 매인 몸이었다. 내게 머라이어는 엄마 같았다. 좋은 엄마. 필요한 게 있어서 상점에 갈 때면 나를 생각해서 내 것도 꼭 챙겨왔다. 내가 받기로 한 월급보다 더 많이 줄 때도 있었다. 박물관에 다니는 일이 얼마나 즐거운지 이야기하자 회원증도 만들어주었다. 머라이어는 내가 잘 지내는지 늘 신경을 썼다. 나는 그녀의 친구들이 아니라 그녀를 만나 그녀의 집에서 일을 하게 된 것이 얼마나 행운인지 새삼 깨닫곤 했다. 하지만 아무리 아닌 척해도 소용없었다. 난 주어진 것에 감사하며 사는 유형이 아니었다. 오히려 아무리 받아도 충분하지 않다고 느끼는 사람이었다. 게다가 다른 문제도 있었다.

내가 열세 살쯤이었을 때 엄마는 막 열아홉 살이 된 어떤 언니―정확히는 엄마의 대녀―를 가리켜 얼마나 훌륭한 아이인지 모른다며 입에 침이 마르게 칭찬을 했다. 부모가 자랑스러워할 아이이자 말하자면 어린 여자아이들이 모두 따라야 할 모범이라고 했다. 난 그 언니를 가까이에서 봐서 잘 알았는데, 내가 내린 결론은 달랐다. 엄마는 내가 그 모범적인 태도를 가까이에서 보고 배웠으면 했는지, 이따금 날 그 언니에게 맡겼다. 그녀는 자기가 나쁘다고 생각하는 행동을 하면 센나 차를 먹이겠다고 나를 위협했다. 심한 복통을 일으키는 설사약을 말이다. 아니면 술통에 처넣은 뒤 뚜껑을 닫아버리고는 모른 척할 거라고 했다.

내가 자기 마음에 드는 행동을 하면 목욕을 시키고 머리를 빗기고 자기 어릴 적 옷을 입혀서는 깨끗한 천을 깐 옷 바구니에 들어가 잠을 자라고 했다. 내 몸이 들어가기엔 너무 작은 바구니였는데도 몸을 잔뜩 쭈그리고 들어가 누우라고 했고, 적당한 시간이 지날 때까지 못 나오게 했다. 어떤 행동을 해서 받는 벌과 다른 행동을 해서 받는 상이 무슨 차이가 있는지 알 수가 없었다. 그녀의 이름은 모드, 모드 퀵이었고, 그녀의 아버지는 교도소—영국 교정국—의 소장이었다. 그래서 난 그녀를 내 개인 교도관으로 여기곤 했다. 이미 오래전부터 그녀를 경멸하고 있었기 때문에, 엄마가 모드에 대한 찬가를 끝내자마자 이렇게 버럭 소리를 질렀다. "죽어 나자빠지지 않은 다음에야 내가 열아홉 살이 되도록 이 집에서 사는 일은 없을 거야." 이 말에 엄마는 어찌해야 좋을지 몰라 침묵에 빠졌다. 아니, 슬픔에 빠졌다. 그렇게 나는 때로는 말로, 때로는 행동으로 부모를 향해 증오와 적의와 분노를 표출했다. 내가 했던 말은 현실이 되었지만 그다지 흡족하지는 않았다. 열아홉 살의 난 죽지도 않았고, 내가 자란 집에서 살고 있지도 않았다. 하지만 여전히 어떤 집에 살고 있고 그건 나의 집이 아니었다.

머라이어와 루이스의 집에 기이한 적막이 자리잡았다. 두 사람은 끊임없이 싸웠지만 내가 있을 때는 절대 싸우지 않았다. 내가 아이들을 다 데리고 심부름을 하러 나갔다가 집에 돌아오면 허공에 감도는 불화의 기운을 감지할 수 있었다. 뭔가 심각한 이야기가 오간 듯한 공기. 어쩌면 "난 이제 당신을 사랑하지 않아" 그런 말일 수도 있었다. 루이스가 그런 말을 했을 수도 있고, 그렇다면 그 말은 사실이었다. 루이스는 이제 머라이어를 사랑하지 않으니까. 그는 그 말을 아주 상냥하게 했을 것이다. 그의 입장이라면, 이기는 패를 손에 든 그런 입장이라면 상냥하게 대하는 건 아주 쉬운 일이니까. 집에 들어서서 머라이어의 눈을 보면 언제나 어떤 정도로든 울고 난 눈이었다. 결국 머라이어는 엄마와는 달랐던 것이다. 엄마라면 엄마 눈에 눈물이 나게 만드는 사람은 누구든 당장 피눈물을 흘리게 해줬을 테니까.

어느 날 난 머라이어와 함께 주방 탁자에 앉아 있었다. 뭐라도 대화를 나눠야 할 일이 있으면 우린 늘 이 자리에서 했다. 머라이어가 뜨거운 우유를 잔뜩 부은 진한 커피를 작은 사발만한 커다란 잔에 따라주었다. 내 또래였을 때 프랑스에 살면서 그렇게 커피를 끓이는 법을 배웠다고 했다. 난 폴과 어떻게 지내는지 들려주었다. 사실 대부분 그의 침대에서 지내고 있었다. 폴과 무엇을 했는지 모두 이야기했다. 세상을 더 많이 겪은 사람이라면 그냥 지나칠 사소한 일들까지 전부. 눈여겨볼 점이 꽤 있었다. 먹을 때를 빼면 우리는 내내 섹스를 하며 시간을 보냈다. 그 모든 각각의 경험이 어떠했는지, 난폭함(때로는 정말 난폭했으니까)에 강한 전율이 느껴져 나 자신도 얼마나 놀랐는지, 내 삶에서 지금 이 시기가 얼마나 흥미진진한 모험 같은지 말해주었다. 그리고 그런 쾌락이 존재하는 줄도 몰랐고 더군다나 내게 주어질 줄도 몰랐기에 얼마나 설레는지도.

내가 이런 이야기를 한동안 떠들고 있는데 문득 머라이어가 끼어들어 이렇게 말했다. "우리가 하는 섹스는 정말 형편없어." 그런 건 생각해본 적이 없었기 때문에 그 말이 내겐 정말 충격이었다. 형편없는 섹스라니. 그게 도대체 무슨 말인지 의아했다. 엄마를 통해 그 경험이 그저 그럴 수도 있다는 건 짐작했다. 섹스를 하는 와중에도 장 볼 거리를 따져보고 어떤 커튼을 달지 생각해보고 나보다 잘났다고 우쭐대는 사람들에게 던질 은근하면서도 확실히 모욕적인 언사를 곱씹어볼 정도로 말이다. 하지만 거기에 '형편없다'는 수식어가 붙을 수 있다는 상상은 해본 적이 없었다. 그런데 그 말을 듣는 순간 나는 그 말이 무슨 뜻인지 알았다. 슈거애플을 원했는데 받아보니 너무 익어 물컹거리는 식이었다. 그리고 물컹거리는 과일을 먹으면서도 맛있는 과일의 그 맛이 머릿속을 떠나지 않는 것이다. 이어서 머라이어가 말하기를, 내 나이였을 때 여름 동안 집을 떠나 부모님의 친구 댁에서 머물렀는데 그때 그 집 남편이 자기와 바람을 피웠다고 했다. 참담한 경험이었다고 했다. "내 안으로 들어오기만 하면 거기가 죽어버리는 거야." 머라이어는 그녀답게도 자기 탓을 했다. 자기에게 뭔가 문제가 있거나 아니면 자기가 뭔가를 완전히 잘못하고 있다고 생각했다고. 나중에야 그녀는 나이가 많은 그가 발기불능이었고, 그로서는 이제 성관계에서 볼장 다 봤다는 사실을 받아들이는 일보다 어린 여자아이 탓으로 돌리는 게 쉬웠으리라는 사실을 깨달았다. 그 사건에서 받은 영향이 오래 남아서, 새로 애인을 사귈 때마다 무아지경에 이르기까지 늘 시간이 좀 걸렸다고 했다. 입 밖으로 내지는 않았지만 나는 생각했다. 지금 당장 아줌마에게 필요한 일은 당연히 무아지경에 빠지는 일이에요.

어느 날 편지 한 장이 내게 날아들었다. 엄마의 아름다운 글씨체로 봉투 가득 '긴급'이라는 단어가 적혀 있었다. 나에게는 '최후의 날까지 열어보지 말 것'이라고 적힌 것과 다를 바가 없었다. 그 편지 역시 고향에서 날아온 뜯지도 않은 편지 뭉치 속으로 들어갔으니 말이다. 그날 난 나가서 사진기를 사겠다고 마음을 먹었다. 내가 박물관의 어떤 사진을 유독 좋아하는 것을 보고 머라이어는 내게 사진집을 하나 주었다. 박물관의 사진은 시골에서 일상적인 일을 하는 평범한 사람들을 찍은 것이었는데, 나 자신에게도 분명하지 않은 어떤 이유로 그 사람들과 그들의 일이 예사롭지 않아 보였다. 마치 이 사람들과 이 일이 그전에는 존재하지 않았던 것처럼 말이다. 박물관에서 그 사진을 보는 게 정말 좋다는 내 말을 듣고 머라이어가 사진집을 사다주었다. 난 시간이 날 때마다 방에 앉아 그 사진집을 자세히 들여다보았다. 사진 속 사람들을 보면 내가 알던 사람들이 떠올랐다. 한 소년의 사진이 특히 그랬다. 두 팔에 커다란 병 두 개를 안고 경쾌하게 걸어가는, 반바지를 입은 아이였다. 그 모습을 보니 내가 예전에 알았던 커스버트라는 남자아이가 떠올랐다. 그는 내 먼 친척으로 다른 섬에 살았다. 그래서 만날 기회가 많지 않아 지겨워질 일도 없었다. 그의 입에서는 늘 아침에 막 잠자리에서 일어난 것처럼 퀴퀴하고 썩은 냄새가 났다. 난 그 냄새가 얼마나 좋았던지, 그와 이야기를 할 때면 항상 입냄새가 내 쪽으로 바로 풍겨오도록 자리를 잡았다. 나는 이 사진집을 보면서 사진기를 사야겠다고 결심했다.

그러다가 내가 전혀 예상하지 못했던 일이 벌어졌다. 사진기를 사러 갔던 가게에서 사진기를 파는 남자와 눈이 맞아 바로 그날 저녁 늦게까지 그의 침대에서 보내게 되었던 것이다. 일이 그렇게 되리라고 우리가 깨달은 순간은, 용수철 장난감 상자처럼 생긴 사진기를 건네받은 내가 그의 얼굴을 건너다보며 이렇게 말했을 때였다. "당신을 보니 아빠 생각이 나네요." 그러자 그가 대답했다. "그러면 나한테 입을 맞춰야지." 농담으로 한 말이었지만, 나는 그 말을 듣고 내가 관찰한 바를 확신했다. 그가 일을 마칠 때까지 두 시간을 밖에서 기다렸다가 함께 그의 아파트로 갔다. 가는 길에 간단히 자기소개를 했다. 이름과 고향, 좋아하는 것과 싫어하는 것. 그의 이름은 롤런드였다. 파나마에서 태어났지만 부모님은 마르티니크 출신이라고 했다. 나무 이파리에 빗물 떨어지는 소리를 좋아하는데, 그 소리가 마음을 달래준다고 했다. 눈은 좋아하지 않는다고 했다. 정말 중요해서가 아니라 그저 시간을 죽이기 위해서, 어색함을 피하려고 주고받은 정보였고, 그건 우리 스스로도 알았다. 전화번호는 교환하지 않았다.

롤런드의 침대를 나온 것은 오직 그날 저녁 늦게 폴을 만나기로 했기 때문이었다. 폴은 이제 이런 일에 익숙했다. 페기가 우리 두 사람과 함께 있는 걸 못 견뎌해서, 난 이른 저녁은 페기와 보내고 이후 시간을 폴과 보냈다. 페기와 나는 헤어질 때마다 싸웠지만 다음날이면 다시 전화 통화를 하거나 만나리라는 것을 알았다. 추운 밤이었다. 바람도 불었다. 롤런드의 집은 폴의 집과는 정반대 쪽에 있었기 때문에 택시를 탔다. 삼십 분 정도 걸렸으니 밀회의 흔적을 없애기엔 충분했다. 문간에 들어서자마자 난 걷잡을 수 없는 열정으로 폴에게 키스를 퍼부었다. 실제로 그런 열정으로 타오르고 있었다. 내 입안에 여전히 다른 남자의 맛이 감돌고 있었으니 기만의 키스였다. 찬바람을 맞은 내 입술의 촉감은 굳은 식빵 같았지만, 폴은 막 구운 케이크를 먹듯 날 탐했다. 그는 나를 보자 좋아서 "사랑해"라고 말했다. 저 말을 진심으로 하면 이런 느낌이구나, 그런 생각이 들었다. 난 더욱 열정적으로 그에게 키스했고, 곧바로 그러지 말았어야 했다는 걸 깨달았다. 그가 내 열정을 자신의 사랑 고백에 대한 대답으로 받아들였기 때문이다. 아침에 폴이 말하기를, 이른 저녁에 페기가 전화해서 내가 여기 있느냐고 물었다고 했다. 의심하는 말투는 아니었다. 난 "하여튼 짜증나는 애라니까"라고 내뱉고는 페기의 성격을 맹비난하기 시작했다. 마치 지금 그것이 문제라는 듯이. 페기랑 있었던 것도 아니고 집에 있었던 것도 아니면 그 시간에 어디 있었어? 폴은 자신이 그 질문에 대한 답을 듣고 싶었다는 것도 잊었다.

아이들과 공원에 산책을 나갔다가, 늘 그렇듯이 서로 괴롭히고 깔깔거리며 왁자지껄 집으로 돌아왔다. 거실에 앉아 있는 루이스와 머라이어를 보고 아이들이 그쪽으로 달려갔다. 난 요즘 들어 어딜 가든 가지고 다니는 사진기를 들고 아이들 뒤를 따라갔다. 딱 붙어 앉았지만 거리를 둔 두 사람을 보자, 울어서 붉어진 눈에도 당찬 모습을 보이려 애쓰는 어린아이처럼 어정쩡한 웃음을 띤 머라이어를 보자, 이제 끝이라는 것을 알았다. 파탄의 광경이 내 눈앞에 있음을. 나로서도 도대체 왜 그랬는지 모르겠지만 무슨 까닭에선지 나는 "치즈" 하고 말하면서 사진을 찍었다. 루이스가 "맙소사"라고 내뱉고는 화가 나서 자리를 떴다. 머라이어가 팔을 뻗어 네 아이들을 와락 껴안은 채 내게 말했다. "미안해."

저런 몹쓸 놈 때문에 왜 미안하단 말을 하지? 내게 떠오른 생각은 그랬다. 그러곤 내가 언제부터 루이스를 몹쓸 놈으로 여겼을까 의아했다. 난 늘 그를 좋아했다. 항상 내게 친절했으니까. 그러다 그 이유를 곧 깨달았다. 그가 머라이어를 울렸고 난 머라이어의 편을 든 것이다. 난 언제라도 그럴 것이었다. 루이스가 어떤 식으로 머라이어를 버렸는지도 알 수 있었다. 그가 머라이어를 버렸지만 그는 그녀에게 솔직하게 말할 사람이 절대 아니었다. 배운 사람들이 대개 그렇듯 그는 자기 본심을 말하지 못하는 그런 부류의 사람이었다. 배워서 그렇게 되었다는 뜻이 아니다. 단지 그 정도 자리에 있는 남자는 자신이 뭘 원하는지를 언제나 정확히 알고 만사가 그에 맞춰 돌아가기 때문이다. 난 이따금 그와 체커 게임을 했다. 난 체커를 꽤 잘했지만 한 번도 그를 이길 수 없었다. 그의 전략은 은밀한 공격이었으니까. 게다가 난 번번이 실수를 해서 그를 유리하게 만들었다. 나중에 그는 친절하게도 내가 어디서 뭘 잘못했는지 알려주었다. "미안, 다음에 잘해봐." 그렇게 말하곤 했다. 하지만 다음번에도 마찬가지였다. 그 남자는 너무 영리했고, 뭐든 자기 식대로 하는 데 너무 능숙했다. 그녀를 버리면서도 그녀가 그를 버리는 거라고 생각하게 만들 터였다. 아이들은 어느새 방을 나갔고 머라이어가 입을 열었다. 난 듣기도 전에 무슨 말을 하려는지 알았다. "루이스한테 이 집을 나가라고 할 거야." 그렇게 말한 뒤 근심에 찬 얼굴로 나를 보았다. 내 기운을 북돋으려는 듯이 손을 내밀었다. 하지만 난 아무렇지도 않았다. 나라면 루이스 같은 남자와 결혼하지 않았을 테니까.

어느 날 밤 침대에 누워 있을 때였다. 아이들은 이미 잠들었고 집안은 고요했다. 침대 머리맡 등에 네모난 작은 모조 실크 천을 씌워놓아서, 방안에는 초저녁 어스름과 해가 기울고 난 후의 마지막 빛이 서로 어우러져 있었다. 그래서 집 생각이 났고, 행복한 설렘과 기대와 두려움이 뒤섞인 묘한 기분이 찾아들었다. 벽에는 사방으로 내가 찍은 흑

백사진들이 붙어 있었다. 머라이어와 아이들 사진, 머라이어 혼자 찍은 사진, 그리고 고향을 떠난 후 내게 생긴 이런저런 물건들 사진이었다. 루이스의 사진은 없었고 내 사진도 없었다. 나는 머라이어에게 받은 사진집에 실린 사진의 느낌을 흉내내보려 애를 썼다. 그런 점에선 완전히 실패였지만 그래도 어쨌든 내 마음에 들었다. 구운 마시멜로를 먹는 아이들 사진이 있었다. 엉덩이를 사진기 쪽으로 들이댄 사진도 있었는데, 내가 하도 웃으라고 하니까 아이들이 이제 그만 좀 하라는 뜻으로 그런 것이었다. 포도주에 담가 뭉근하게 조리한 닭과 야채 요리를 정성 들여 식탁에 차리는 머라이어의 사진. 내 더러운 팬티와 립스틱, 안 쓴 생리대, 열린 지갑이 여기저기 흩어져 있는 화장대 사진. 길거리에서 어떤 여자가 팔던, 신기한 씨앗을 엮어 만든 목걸이 사진. 박물관에서 산 꽃병 사진도 있었는데, 그 꽃병은 사라진 문명의 유적지에서 발굴한 유물의 복제품이었다. 어떤 실재를 찍은 사진이 종국에는 그 실재 자체보다 더 흥미로운 건 왜일까? 아직 그 답은 알 수 없었다. 나는 아무것도 아닌 상태, 아무 생각도, 아무 느낌도 없이 마치 마취 상태처럼 누워 있었다. 좋지 않았다. 머릿속이 텅 비면 뭔가를 불러들일 텐데, 대개는 나쁜 것이라서 그렇다.

똑똑 두드리는 소리에 이어 문이 열렸다. 머라이어였다. 누군가 나를 만나러 왔다고 했다. 그 말투로 보아 그녀가 아는 사람이 아니었다. 좋은 소식이 아니라는 것도 알 수 있었다. 머라이어를 따라 거실로 나가니 아주 빵빵하게 속을 채운 의자에 익숙한 얼굴이 앉아 있었다. 모드 퀵이었다. 예전과 달리 어른이 된 모드 퀵. 여전히 고압적이었다. 앉아 있는 의자만큼이나 잔뜩 부푼 몸집을 보니 알 만했다. 나를 보고 자리에서 일어섰는데, 키도 몸집도 더 커졌다. 그녀가 내 이름을 부르자 지구의 중력 전체가 내게 쏠리는 기분이었다. 세상을 이고 선 조그마한 점 하나가 된 기분. 몇 주 동안 고향에 머물다가 어제서야 돌아왔다고 했다. "자, 여기." 이렇게 말하며 그녀가 파란 봉투를 건넸다. 봉투에는 '항공우편' 도장이 찍혀 있고, 엄마 글씨체로 내 이름과 주소가 적혀 있었다. "네 어머니께서 이걸 전해주라고 하시더라"라고 말했다. "네 아버지께서 한 달 전에 돌아가셨어"라고 말했다. "너무 갑작스레 벌어진 일이었어. 순간 심정지가 오는 바람에"라고 말했다. "너도 알다시피 늘 심장이 안 좋으셨잖아"라고 말했다.

난 아무 말도 하지 않았다. 한참 동안 입을 떼지 않았다. 저 뿌듯해하는 꼴 좀 봐, 하는 생각을 했다. 하는 일마다 그렇게 만족스러울 수가 없겠지. 먹는 것도, 먹는 건 특히 더 그렇고, 자는 것도, 그리고 지금 내게 이런 말을 하는 것도, 라는 생각을 했다.

"네가 답장을 전혀 하지 않아서 어머니께서 상심이 이만저만이 아니셔. 아마 네가 편지를 못 받은 거겠지만." 그녀가 말했다.

머라이어는 그대로 거실에 있었다. 우리에게서 약간 떨어진 곳에 서 있었다. 이제 그녀가 다가와 내 곁에 서서 한 팔로 내 어깨를 감싸안고 다른 손으로는 내 양손을 잡았다. 그러곤 날 끌어당겼다. 내가 산산이 부서지기 직전임을 알았을 것이다. 그래서 멀리 해외로 보내는 물품 상자를 잡아 묶는 금속 띠처럼 날 온전하게 꽉 붙들어주려는 것이었다. 난 말없이 가만히 서 있었다. 머리가 깨질 듯이 아프고 눈도 따갑고 입은 바짝바짝 마르는데 목이 따가워 아무것도 삼킬 수가 없었다. 자유롭게 해안가로 달려가고 싶은데 앞을 가로막는 바위에 속절없이 부딪

히기만 하는 파도 소리가 귓속을 울려댔다. 울 수가 없었다. 말도 할 수 없었다. 원하는 표정을 지어 보려고 얼굴 근육을 열심히 움직이며 정신을 차리려 기를 썼다.

모드가 살짝 웃었다. 올바르기 위해 굳이 애쓸 필요가 없는 사람의 웃음. "넌 정말 미스 애니를 닮았어. 딱 네 어머니라니까." 모드가 말했다.

그때 난 사경을 헤매는 셈이었는데 그녀가 내 목숨을 살렸다. 그에 대해 언제나 그녀에게 감사할 것이다. 무심히 던진 그 한 마디 말에 나를 살려낼 유일한 답이 들어 있었다는 사실을 그녀 자신은 몰랐을 것이다. 내가 말했다. "난 엄마를 닮지 않았어. 엄마와 나는 달라. 엄마는 아빠와 결혼하지 말았어야 해. 아이를 낳지도 말았어야 해. 엄마의 지성을 그렇게 내버리지 말았어야 한다고. 내 지성을 그렇게 대수롭지 않게 여기지도 말았어야지. 너 같은 사람은 무시했어야 해. 난 엄마와는 전혀 달라."

어쩌면 내가 이 말을 고대 그리스어로 했는지도 몰랐다. 모드가 그저 미소를 띤 채 날 바라보기만 했으니. 머라이어가 방을 나갔다. 차를 끓여오겠다고 했다. 난 자리에 앉았다. 이번에는 영어로 이렇게 말했다. "좋아 보이네, 모드 언니." 그러자 그녀가 말했다. "그래, 난 항상 엄마 말을 새겨들으니까. 처음 집을 떠날 때 엄마가 그러셨어. '모드, 식사는 항상 정해진 시간에 해야 한단다. 꼭 유념하렴.'" 그때쯤 나는 그런 멍청한 헛소리에 속으로 경멸을 쏟아붓는 일조차 하지 않았다.

물론 그녀는 내게 당장 집으로 돌아가라고 종용했다. 난 대답하지 않았다. 어떤 말에도 대답하지 않았다. 그녀는 나를 안으며 축복의 말을 하고는 떠났다. 다른 무엇보다도, 그녀가 남기고 간 정향과 라임과 장미유 냄새 때문에 난 죽을 만치 고향이 그리워졌다. 엄마는 그 이파리와 꽃잎을 끓인 물로 날 씻기곤 했다. 그렇게 하면 아빠를 사랑했지만 그 사랑을 되돌려 받지 못했던 여자들이 보내는 마귀로부터 나를 지킬 수 있다고 했다.

그 모든 여자들이 그렇게 사랑을 퍼부었음에도 아빠는 그들에게 무심했던 이 일은 애초에 어떻게 시작되었던 걸까? 할머니는 할아버지에게 아빠를 맡기고 영국으로 떠났다고 했다. 그리고 아빠가 열두 살 때 소식이 끊겼다. 할머니는 크리스마스 때 앞쪽에 작은 구멍들로 장식무늬를 넣은 검은색 신발을 보내왔다. 아빠가 신발을 받고 보니 너무 커서 잘 넣어두었는데, 나중에 신으려고 했을 때에는 너무 작아 신을 수가 없었다. 아빠는 돈과 다른 개인 물품을 보관하는 금고에 내내 그 신발을 모셔두고는 이따금 꺼내 보여주었다. 아름다운 분이었다는 말 외에는 할머니가 어떻게 생겼는지 얘기해준 적이 없었다. 착한 분이라고도 했는데, 나는 그때 이미 어린아이에게 하는 그 말이 진짜 이야기도, 아빠의 진짜 감정도 아니라는 사실을 알았다. 다섯 살짜리 아들을 내버려둔 채 배를 타고 멀리 가버린 여자가 어떻게 착한 사람이란 말인가? 아빠는 이후로 할머니를 본 적이 없고, 할머니 얘기를 내게 들려주던 그때도 돌아가셨는지 살아 계시는지조차 모른다고 했다. 아빠가 일곱 살 때 할아버지는 아빠를 증조할머니에게 맡기고 파나마운하 건설현장으로 떠났다. 아빠는 그후 할아버지도 다시 보지 못했다. 아빠는 아빠의 할머니와 한 침대에서 잤다. 증조할머니는 아빠보다 조금 일찍 일어나 아침을 차렸다는데, 엄마가 그걸 그대로 따랐고, 아빠가 세상을 뜰 때까지 그래야 했을 것이다. 하루는 아침에 증조할머니가 아빠보다 일찍 깨지 않았다. 아빠가 잠에서 깨어보니 옆에 누운 할머니는 이미 돌아가신 뒤였다고 했다. "밤중에 돌아가셨는데 난 전혀 몰랐던 거지." 아빠는 내게 그렇게 말하곤 했다. 아빠는 아빠의 할머니가 착하다거나 아름답다는 말은 한 적이 없지만, 그분이 아빠에게 헌신적이었다는 걸 난 알 수 있었다. 엄마도 아빠에게 헌신적이었다. 헌신적으로 해야 할 일을 했다. 집을 깨끗이 치우고 우리를 위해 맛있는 음식을 만들고 마당을 치우고 작은 텃밭에서 허브와 채소를 키우고 우리 옷을 빨고 다리고. 엄마와 결혼을 한 걸 보면 아빠가 엄마를 사랑한 것은 분명하다. 아빠가 결혼을 한 여자는 엄마뿐이니까. 예전에 난 사람들이 돈을 보고 결혼하듯이 아빠는 엄마가 젊고 힘이 세서 결혼했다고 생각했다. 그렇게 명민한 남자였다고.

모드가 전해준 편지를 얼마나 꼭 붙들고 살았는지 편지가 아예 내 몸의 일부가 된 듯 어느 순간부터는 의식하지도 못했다. 그러다 다시 편지의 존재를 의식했을 때 나는 그 안에 무슨 내용이 담겨 있든 무심할 수 있게 해달라고 기도했다. 편지를 뜯어보았다. 이미 아는 사실을 되풀이하고 있었다. 아빠가 돌아가셨다. 거의 한 달 전 일이었다. 심장이 좋지 않아 오랫동안 고생을 하셨지만 그래도 어쨌든 예상치 못한 일이었다. 제발 당장 집으로 돌아와라. 그런데 새로운 이야기가 있었다. 아빠가 세상을 뜬 뒤 엄마는 알거지가 되었다고 했다. 아빠가 가진 돈이 한푼도 없더란다. 할머니가 보내준 신발과 다른 귀중품을 넣어두고, 돈도 보관하던 아빠의 금고를 열어보니 돈이 하나도 없었다. 은행에도 가봤지만 계좌에도 돈이 없었다. 아빠가 다니던 협회의 계좌에도 돈 한푼 없기는 마찬가지였다. 보험 대출을 워낙 많이 받아 보험회사에 빚이 있을지도 몰랐고, 있다면 이제 엄마가 갚아야 했다. 장사 치를 돈도 빌려야 했다. 엄마가 헌금을 꼬박꼬박 냈기 때문에 교회에서 장례식은 무료로 치러주었다.

난 페기와 함께 살 아파트를 마련하려고 돈을 모으고 있었다. 그 돈을 다 엄마에게 보냈다. 머라이어가 이 말을 듣고 내가 보낸 돈의 두 배를 내게 주었고, 난 그 돈도 다 보냈다. 엄마에게 편지를 썼다. 내 마음을 그대로 담은 냉랭한 편지였다. 나조차도 놀랄 정도였지만 어쨌든 그냥 보냈다. 나는 편지에다 죽어서도 돈 한푼 안 남겨 빚을 내서 장사를 치르게 만드는 그런 남자와 어떻게 결혼을 할 수 있었냐고 썼다. 어떻게 엄마가 스스로를 배반했는지 조목조목 따졌다. 엄마는 나도 배반했다고, 지금 딱 맞는 사례가 떠오르지는 않지만 어쨌든 사실이라고 썼다. 엄마는 마치 성인군자처럼 행동했지만 실제 세상에 사는 나는 그저 엄마를 원했을 뿐이라고 적었다. 가정교육이라고 해봤자 난잡한 여자로 자라지 않도록 단속하는 게 전부 아니었냐고 일깨우며 지금까지의 내 삶을 간단히 그려 보였다. 구체적으로 이런저런 일을 증거로 들며 날 그렇게 키워봤자 다 헛것이었다고, 사실 난잡하게 사는 게 아주 즐거우니 됐다고, 감사하다고 했다. 지금 집에 돌아가는 일은 없을 거라고 썼다. 영영 안 돌아갈 거라고.

이에 성인군자 엄마가 보낸 답장은 이랬다. 언제나 날 사랑할 거라고, 영원히 나의 엄마일 거라고, 엄마와 함께가 아니라면 그 어느 곳도 나의 집일 수 없을 거라고 쓰여 있었다. 난 그 편지를 루이스와 머라이어네 집 벽난로에 넣어 태워버렸다. 잘 싸매어 서랍 속에 모셔두었던 다른 편지 뭉치와 함께.

어느 날, 아주 늦은 밤에 머라이어와 난 또 주방에 앉아 있었다. 그녀는 젊고 가벼워 보였고, 난 늙어서 몸이 천근만근인 것 같았다. 우리는 우리의 상태가 각자 다른 상황에 대한 반응이라고 인정했다. 그녀는 남편이 없고, 난 아빠가 없고. 아주 긴 문단의 마지막 문장을 읽고 책장을 넘겼는데 다음 장이 백지인 느낌. 루이스가 그녀를 버리고 떠났지만, 그녀는 자기가 그를 떠나게 했다고 진심으로 믿었다. 이혼 절차를 밟고 있다고 했다. 아이들이 혼란스러워하는데 괜찮을지 걱정이라고 했다. 자신은 홀가분하다고 했다. 난 그 '홀가분함'을 너무 믿지 말라고, 요술처럼 사라져버릴 수도 있다고 말해주고 싶었지만, 그 대신 그날 오후에 폴과 교외에 나갔던 일을 들려주었다. 폴이 폐허가 된 옛 저택을 보여주고 싶다고 했다. 내가 나고 자란 지구 저편에서 사탕수수로 엄청난 돈을 번 사람이 살던 집이라면서. 난 그 남자를 몰랐지만, 만약 아직 살아 있다면 죽어버렸으면, 하고 바랐을 것이다. 폴은 차를 몰며 대양을 건넜던 위대한 탐험가들 이야기를 해주었다. 단지 돈을 벌기 위해서가 아니라 자유를 위해서였고, 그렇게 자유를 찾아 나서는 것이 인간의 조건이라고 했다. 그에게 그런 취미, 그러니까 자유라는 취미가 있다는 건 그때 처음 알았다. 길을 건너려다가 쌩쌩 달리는 차에 치여 죽은 동물들—사슴, 너구리, 오소리, 청설모—이 길가에 널려 있었다. 난 동물의 사체를 가리키며 이렇게 말했다. "자유를 향해 가는 길에서 누구는 재물을 얻고 누구는 죽음을 얻지." 대수롭지 않게 말하려 했지만 잘 안 됐다.

내가 이 이야기를 끝내자 머라이어는 잠시 말이 없다가 이렇게 물었다. "어머니가 어떻게 하셨기에 그러는지 모르겠지만 이제 용서하는 게 어때? 고향에 돌아가서 용서한다고 말하지 그래?" 그 말 한 마디 한 마디가 각각 독립된 존재인 양 도드라지며 무언가 단단한 것, 쓰디쓰면서 단단한 것을 새겨넣었다. 그 말에 내가 어째서 엄마를 증오하게 되었는지가 떠올랐고, 그 기억과 함께 알로에에서 짜낸 즙처럼 씁쓸한 맛이 감도는 눈물이 솟구쳤다. 난 외동딸이 아니었다. 하지만 아무에게도, 머라이어에게조차 그 말을 하지 않은 건 그 사실이 수치스러워서일 것이다. 난 아홉 살 때까지 외동이었다. 그런데 그후 오 년 사이에 엄마는 아들 셋을 낳았다. 아들이 태어날 때마다 엄마 아빠는 사뭇 진지하게 이 아이가 영국의 대학에 입학해 의사나 변호사, 아니면 사회에서 영향력 있는 중요한 인물이 될 거라는 기대를 주고받았다. 아빠가 자기 아들에 대해서, 나는 쏙 빼놓고 같은 부류인 아들들에 대해서만 그런 말을 하는 건 상관없었다. 아빠는 나를 전혀 몰랐으니까. 아빠가 나를 보며 흥미진진하고 승승장구하는 삶을 상상하리라는 기대는 하지도 않았으니까. 하지만 엄마는 날 잘 알았다. 자기 자신을 아는 만큼이나 잘 알았다. 당시 나는 우리가 아주 똑 닮았다고 보았다. 그런 엄마가 아들이 앞으로 해낼 일이 얼마나 자랑스러울지 하는 생각에 빠져 눈에 눈물이 그렁해질 때마다 내 심장에는 칼이 꽂히는 심정이었다. 자신을 똑 닮은 자식인 나와 관련해서는, 약간이라도 비슷한 상황을 예상하는 인생의 시나리오가 전혀 없었기 때문이다. 그때부터 난 속으로 엄마를 '여자 유다'라고 불렀다. 그러면서 그때조차 완전한 절연이 되리라고는 예상하지 못한 엄마와의 절연을 계획하기 시작했다.

머라이어에게 이 모든 이야기를 털어놓는 동안 그 섬에서 겪은 내 인생의 온갖 소소한 일들이 떠올랐다. 첫째 남동생을 받아줄 산파를 부르러 가던 날, 저녁 여섯시의 하늘을 물들였던 색, 둘째 남동생을 위해 엄마가 수를 놓던 배냇저고리의 흰색, 태어난 다음날 엄마 옆 침대에 누워 있던 셋째 남동생에게 덤벼들었던 불개미의 붉은색, 아빠가 첫째 남동생을 데리고 크리켓 경기 구경을 갔을 때 그애가 입었던 세일러복의 감청색, 동생들이 태어난 후로 엄마의 입술에서 사라진 빨간 립스틱, 남동생 하나가 땅에 떨어진 자두를 통째로 입에 넣었다가 질식해서 죽을 뻔한 바람에 흑백 죄수복을 입은 남자들이 와서 마당에서 자라던 자두나무를 베어버렸던 날의 기억.

난 문득 말을 멈췄다. 입속이 텅 비고 혀가 말려들어가는 느낌이 들었다. 이대로 굳어 돌이 되나보다 싶었다. 머라이어는 날 구해주려 했다. 사회 속의 여성, 역사 속의 여성, 문화 속의 여성, 온갖 자리의 여성들에 대해 이야기했다. 하지만 난 도무지 말을 할 수 없었다. 말이 나오지 않아서, 우리 엄마는 우리 엄마고 그 사회와 역사와 문화와 여성 일반은 전혀 다른 문제라고 말할 수 없었다.

머라이어는 방을 나갔다가 커다란 책 한 권을 들고 다시 들어왔다. 첫 장을 펼쳐 내 앞에 놓았다. 내가 첫 문장을 읽었다. "여자? 아주 간단하다. 단순한 공식 가운데 가장 멋진 것 하나를 들어보자. 여자는 자궁이다. 여자는 암컷이다. 이 한 마디면 여자를 정의하기에 충분하다." 난 거기서 멈췄다. 머라이어는 내 상황을 완전히 잘못 해석했다. 펼쳐 읽으려면 계속 누르고 있어야 해서 손이 아플 지경인 이 두꺼운 책으로는 내 삶을 제대로 설명할 수 없다. 내 삶은 그보다 더 간단하면서도 동시에 더 복잡했다. 내가 살아온 이십 년 세월 가운데 십 년을, 살아온 인생의 반을 난 끝나버린 사랑을 애도하며 살았다. 아마 평생 내가 경험할 수 있는 단 하나의 참사랑을.

루시

다시 1월이 되었다. 세상은 다시 헐벗고 창백하고 차가워졌다. 난 다시 새로운 시작을 준비했다.

사람들이 나라는 소녀에게 기대하는 것들이 있었고, 어느 것이나 그럭저럭 괜찮았다. 예를 들면 간호사라는 직업이라든지 부모에 대한 의무, 법을 지키고 관습을 받드는 일 같은 것 말이다. 하지만 고향을 떠난 일 년 사이에 그 소녀의 존재는 사라졌다.

새로운 '나'라는 인물은 나조차도 잘 알지 못했다. 아, 겉모습은 어딜 보나 친숙했다. 머리칼은 여전했지만 이젠 짧게 잘랐다. 짧은 머리를 하니 얼굴이 아주 동그래 보여서 사실 내가 아름답지 않나 하는 생각이 살면서 처음으로 들었다. 스스로 아름답다고 판단한들 내가 그걸 대단하게 여길 사람도 아니었다. 눈도 똑같았고 귀도 똑같았다. 중요한 부분은 어디나 다 여전했다.

하지만 눈으로 볼 수 없는 것들, 손으로 만질 수 없는 부분들이 변했고, 아직은 나도 잘 알지 못했다. 나 자신을 새로 만들어내고 있다고 보았는데, 과학자보다는 화가의 방식이었다. 정확도와 계산에 의지할 수가 없었다. 믿을 것은 직감뿐이었다. 딱히 마음속으로 계획한 바는 없었지만 그림이 완성되면 알 수 있을 것이다. 난 사회적 지위도 없고 내가 마음대로 쓸 수 있는 돈도 없었다. 내겐 기억이 있고, 분노가 있고, 절망이 있었다.

난 섬에서 태어났다. 폭이 13킬로미터에 길이가 19킬로미터 정도인 아주 조그만 섬이다. 하지만 열아홉 살에 섬을 떠날 때까지 내가 실제 다녀본 곳은 섬의 4분의 1밖에 되지 않았다. 최근에 지구 반대쪽에서 태어난 어떤 사람을 만났다. 우리 가족이 대대로 살아온 그 섬을 다녀온 적이 있다고 했다. 그 여자가 "얼마나 아름답던지"라고 찬탄하고는, 어떤 바닷가 마을의 이름을 대면서 내가 알지 못하는 그 풍광을 묘사해 보였다. 당시 난 나 같은 처지의 사람은 자기가 태어난 지역에 대해 뭐든지 다 알아야 한다고 믿었기 때문에 너무 창피해서 제대로 대꾸를 할 수 없었다. 내가 아는 바는 이러하다. 그 섬은 1493년에 크리스토퍼 콜럼버스가 발견했지만 사실 그는 섬에 발을 들여놓지도 않았다. 그냥 지나가면서 스페인의 교회 이름을 따서 이름을 붙였을 뿐이다. 이름 붙일 것이 그렇게 많을 줄 몰랐을 것이다. 후원자와 자신이 경애하는 성인과 자신에게 중요한 사건까지, 아는 이름이란 이름은 다 써먹은 후 더 붙일 이름이 없어 얼마나 열심히 머릿속을 뒤졌을까. 사려 깊은 사람이라면 그런 일을 하다가는 제명에 못 살았겠지만 그는 아주 오래 살았다.

　난 내가 그 섬에 존재하게 된 기원이, 내 조상의 역사가 사악한 행위의 결과라는 사실을 알게 되었다. 하지만 내가 열네 살쯤에 학교에서 합창 연습 도중에 자리에서 일어나서 "통치하라, 브리타니아!* 브리타니아, 파도를 제압하라. 영국인은 절대, 절대 노예가 되지 않으리니"라는 노래를 부르지 않겠다고, 난 영국인도 아니고 얼마 전만 해도 노예였을 거라고 말한 것이 그 때문은 아니었다. 그런 내 행동으로 난리가 나지는 않았다. 그저 합창단 선생님께서 그 일로 수년간 날 문명화시키기 위해 들인 수많은 노력이 결국 무용지물이었나, 그런 생각을 했을 뿐이다. 당시 내 나름의 이유는 꽤 단순했다. 영국인의 후손들이 예쁘지도 않고 요리도 못하고 볼품없는 옷을 입고 진짜 춤을 좋아하지 않고 진짜 음악도 좋아하지 않아서 싫었다. 차라리 프랑스의 통치를 받았다면 좋았겠다 싶었다. 프랑스인은 생긴 것도 예쁘고 보기에도 더 행복해 보이고, 나로서는 함께 어울리고 싶은 마음이 훨씬 더 큰 그런 사람들이었기 때문이다. 한번은 프랑스령인 이웃 섬 아이와 펜팔을 했다. 그 섬은 우리 섬에서 눈으로 보일 정도로 가까웠지만 우리가 보낸 편지는 수천 마일 떨어진 통치국까지 갔다가 서로에게 도착했다. 그애가 보낸 편지에 찍힌 소인 위로는 항상 자유 평등 박애를 뜻하는 프랑스어가 다시 찍혀 있었다. 내 편지에는 그런 단어는 없고 무표정한 얼굴에 입매가 뚱한 여자 그림뿐이었다. 이젠 상황을 그때보다야 잘 이해한다. 그 단어들과 상관없이 내 펜팔 친구와 나는 같은 처지였다는 걸 안

---

* 영국을 의인화한 여신. 창과 방패를 들고 투구를 쓴 모습이다.

다. 그래도 무표정하고 뚱한 여자 그림보다야 그 단어가 낫다는 생각은 여전하다.

어느 날까지 아이였는데 어느 날 문득 아이가 아니었다. 다들 내게 이렇게 말했다. 넌 이제 어린애가 아니야. 난 생리를 시작했고 가슴이 자랐고 겨드랑이와 사타구니에 털이 났다. 키가 부쩍 커서, 갑자기 길어진 몸을 가누기가 힘들었다. 나 혼자만의 지옥에서 말없이 지내던 어느 날이었다. 내 감정을 털어놓을 사람도 없었고 내게 찾아든 감정이 있을 법한 감정이라는 것도 몰랐다. 그러다가 어느 날 홀연히 그런 삶에서 벗어났다. 내 과거를 이런 식으로 보게 되었던 것이다. 선이 있다. 그 선은 네 스스로 그릴 수도 있고 누군가 대신 그려줄 수도 있다. 어쨌든 그렇게 생긴 선이 너의 과거다. 지금까지 거쳐온 수많은 네 모습과 지금까지 해왔던 수많은 일들. 더이상은 네가 아닌 네 모습들, 이제는 빠져나온 상황들, 그것이 네 과거다.

난 열아홉 살이었고, 루이스와 머라이어의 집에서 네 아이들을 돌보며 지내던 아이였다. 길모퉁이에서 초록불이 들어오길 기다리며 여자아이 넷을 데리고 서 있곤 했던 아이. 아이들과 호숫가에 앉아 있기도 했다. 피할 데 없는 햇빛이 창문으로 쏟아져들어오는 주방에서 머라이어와 앉아 있기도 했다. 머라이어가 프랑스에서 배운 대로 끓인 커피를 마시며, 지금 내 감정이 어떻게 해서 생겨났는지 이야기하면서 나 자신에게 설명해보려 했다. 예전엔 머라이어의 일상에서 행복이 핵심적인 자리를 차지했는데, 그녀 자신이 그렇게 오래도록 알아왔던 완벽한 세상이 예고도 없이 사라져버린 뒤 그 자리에 슬픔이 들어서는 것을 보왔다. 휴라는 이름의 남자아이와 달빛 아래 알몸으로 누워 있기도 했다. 루이스라는 인물을 제대로 알지 못하다가 어느 날 그가 부인의 절친한 친구와 사랑에 빠진 것을 지켜보는 순간, 그가 기껏해야 누구와도 다를 바 없는 남자, 평범한 남자임을 깨달았다. 그동안 나라는 인물은 그러했고, 그런 상황을 겪었다. 지난 일 년을 그렇게 보냈다.

난 어느 날까지 루이스와 머라이어의 널찍한 아파트(물론 루이스는 없었다. 어딘가에 거처를 마련해서 혼자 살다가 적당한 시간이 흐른 뒤 머라이어에게 충격적인 사실을 털어놓았다. 그녀의 절친한 친구인 다이나를 사랑하게 되면서 그녀에 대한 사랑이 식었다고 말이다)에 살다가 다음날부터 그곳에 살지 않았다.

그 집을 떠나는 일은 아빠가 돌아가셨다는 소식을 들었던 날 밤에 시작되었다. 난 부모의 집을 떠나면서 앞으로 두 번 다시 내 부모를 보지 않겠다고 다짐했다. 어린애가 할 법한 말이었다. 어린애는 누군가 죽었으면 좋겠다고 바랄 수 있고, 그 일을 직접 하고 싶은 마음이 들 수도 있지만, 그렇게 죽은 인물이 다시 일어나 예전처럼 살아나가기를 원하기도 할 것이다. 단지 애초에 그 사람이 죽었으면 하는 마음이 들게 했던 그 점만 없어진 모습으로 말이다. 난 아빠를 다시는 보지 않기를 바랐고, 그 바람은 현실이 되었다. 다시는 아빠를 보지 못할 것이다. 관속에 누운 아빠는 어떤 모습이었을까. 관은 누가 만들었을까. 소나무로 만들었을까 마호가니로 만들었을까. 감색 모직 정장을 입고 묻혔을까. 특별한 일이 있을 때 입으려고 아껴두던 옷이었는데, 그런 일이 생기질 않았다. 엄마는 아빠의 장례를 특별한 일로 보았을 수도 있다. 난 아빠가 죽는 일은 상상해본 적도 없었다. 내가 이렇게 말하자, 머라이어는 부모님이 돌아가시리라는 생각은 그 누구도 하지 못한다고 했다. 내 이야기를 하는데 또다시 누구나를 들먹이는 바람에 짜증이 솟구쳤지만 가까스로 참았다. 머라이어는 죄를 지었다는 마음 때문일 거라고 했다. 죄를 짓다니! 그런 건 다른 사람이 내리는 판결이라고 생각했기 때문에 내가 나 자신에게 그런 판결을 내릴 수도 있다는 건 금시초문이었다. 죄를 지었다고! 하지만 난 내가 살인자처럼 느껴지지는 않았다. 잘못에 잘못을 쌓아올릴 수밖에 없는 악마라면 모를까.

난 엄마가 몇 달 동안 보낸 편지를 내내 열어보지 않았다. 그 편지에서 엄마는 내가 떠난 후 엄마의 삶이 얼마나 순식간에 나빠졌는지 하나하나 상세히 설명했는데, 난 나중에야 그 사실을 알았다. 아빠가 돌아가신 것을 알고 엄마에게 편지와 함께 돈을 보내고, 그런 다음 엄마가 보낸 답장을 열어본 뒤에 말이다. 전에 보낸 편지들을 먼저 열어봤다면 어떤 식으로든 난 죽어버렸을 것이다. 아무것도 하지 않아도 죽었을 테고 뭘 했더라도 죽었을 것이다. 그러고 나서 엄마에게 마지막으로 답장을 보냈다. 이제 다시는 내 소식을 듣지 못하리라는 것을 엄마는 알지 못했겠지만. 난 곧 집으로 돌아가겠다고, 엄마가 힘든 일을 겪게 되어 정말 마음이 아프다고 썼다. 사랑한다는 말은 하지 않았다. 그 말은 할 수 없었다. 내가 함께 지내는 가족(루이스와 머라이어)이 다른 곳으로 이사를 간다고 했다. 그러곤 머리에 떠오르는 대로 아무렇게나 가짜 주소를 적었다. 그런 일을 하는 순간 난 루이스와 머라이어와 함께하는 삶이 곧 과거지사가 될 것임을 알았다.

그 일이 있고 난 뒤 날짜는 너무 느리게 지나가기도 하고 또 너무 빨리 지나가기도 했다. 내 삶의 이 단계에서 빨리 벗어나고 싶은 마음에

매 순간이 납덩이처럼 무거웠다. 동시에 지금 벌어지는 일을 빠짐없이 이해하고 싶었기 때문에 하루가 일 분처럼 짧았다. 집안은 음울했고 바깥도 마찬가지였다. "곧 연말연시 연휴야." 머라이어가 말했다. "조금만 있으면." 행복한 기분이어야 했겠지만, 곧 장례식이라도 치를 듯한 말투였다. 잿빛 하늘은 냉랭했다. 비가 내렸는데, 작고 단단한 못이 쏟아지는 것 같았다. 가끔 해가 비추었지만 유감이라도 있는 듯 빈약했다. 땅이 얼마나 차갑고 단단한지, 얼마나 꽁꽁 닫혀 있는지 알 수 있었다. 그걸 알아차리게 된 건 땅이 두 쪽으로 갈라져 날 집어삼켰으면 하고 바라곤 했기 때문이라, 그 사실이 매우 유감스러웠다. 길을 건너다가 절망감에 휩싸여 그 자리에 쓰러져 숨이 끊어진다면, 내 몸이 차가운 한데에 널브러져 있어야 한다는 뜻이니까. 땅이 날 받아들이려 하지 않을 테니. 추운 곳에서 죽는 건 도저히 견딜 수가 없었다. 더운 곳에서 죽고 싶었다. 내가 아는 더운 곳은 고향뿐이었다. 그런데 고향에 돌아갈 수 없으니 아직은 죽을 수도 없었다.

떠나겠다는 내 말에 머라이어는 이렇게 대꾸했다. "아직 일 년이 안 됐어. 최소한 일 년은 있기로 했잖아." 잔뜩 화가 난 말투였지만 난 모른 척했다. 뒤에 남겨진다는 건 늘 힘든 일이니까. 게다가 그 말을 하는 자신도 그것이 얼마나 공허한 말인지 틀림없이 알았을 것이다. 몇 주만 지나면 내가 이 집에 온 지 일 년이 되니까. 그녀는 이제 자기가 처한 현실을 또렷이 볼 수 있었다. 남편에게 버림받은 여자. 난 이렇게 말해주고 싶었다. "아줌마가 당한 일은 언제 어디서나 벌어져요. 남자들은 언제나 그런 식이니까요. 그런 식으로 행동하지 않는 남자들이 예외라고 할 수 있죠." 하지만 나는 머라이어가 뭐라고 대꾸할지 알았다.

"너무 뻔한 말이잖아." 이러겠지. "네가 뭘 안다고 그래?" 그러겠지. 맞는 말일지도 모른다. 뻔한 말이고, 난 개인적으로 그런 경험을 한 적이 없으니까. 하지만 그래도 내가 태어나고 자란 곳에 사는 여자들은 다들 이 뻔한 걸 알았고, 루이스 같은 남자는 새삼스러울 것도 없었다. 그런 일을 당했다고 인생이 끝났다고 생각하는 여자는 없었다. 예상한 거니까. 남자는 도덕관념도 없고 올바르게 행동할 줄도 모르고 다른 사람을 어떻게 대해야 하는지도 모른다는 걸 누구나 알았다. 남자들이 법을 그렇게 좋아하는 것도 그래서다. 지침이 필요하니까 그런 걸 만들어내는 것이다. 뭘 어떻게 해야 할지 모르겠으면 이 지침을 살펴본다. 그 지침이 알려주는 조언이 마음에 들지 않으면 지침을 바꿔버린다. 내가 아는 바로는 그랬다. 그런데 머라이어는 왜 그걸 모르는 걸까? 내가 그렇게 말해주면 그녀는 어딘가 꽂힌 책을 빼 들고 와서 보여줄 것이다. 그 책은 내 말을 조목조목 반박할 텐데, 십중팔구 아무것도 모르는 여자가 쓴 책일 것이다.

연휴가 되었지만, 수많은 것들이 죽어버렸기 때문에 정말로 장례식 같았다. 아이들을 위해 머라이어와 루이스는 일부러 사이좋은 모습을 보였다. 루이스는 집을 들락거리면서 여전히 가족과 함께 산다면 할 법한 온갖 일을 챙겼다. 전나무를 사고 아이들에게 원하는 선물을 사주고 머라이어에게는 땅속에 사는 작고 고약한 동물의 가죽으로 만든 코트를 사주었다. 당연히 머라이어는 그런 건 질색이었지만 겉으로 내색하지 않았다. 그는 그녀가 웬만하면 다른 생물의 가죽으로 만든 건 입지 않는 사람이라는 사실을 잊은 것이 틀림없었다. 아니면 이런저런 일로 정신이 없어서 지금 애인에게 줄 선물을 예전 애인에게 주었거나. 머라이어는 내게 예쁜 도자기 구슬과 광택을 낸 작은 나무 구슬로 만든 목걸이를 주었다. 어떤 아프리카 사람이 손으로 만든 것이라고 했다. 지금까지 내가 선물로 받아본 가장 아름다운 물건이었다.

새해가 되었고 난 다시 새로운 곳으로 가게 되었다. 물건을 챙겨 짐을 쌌다. 처음 왔을 때에 비해 짐이 훨씬 많아졌다. 지금 사는 곳의 날씨에 어울리는 새 옷이 생겼다. 사진기와 그 사진기로 찍은 사진이 있었다. 내가 직접 인화한 사진이었다. 하지만 대부분은 책이었다. 아주 많았고 다 내 것이었다. 돌려줘야 할 필요가 없었다. 읽은 다음에 돌려주지 않아도 되는 책을 많이 가지는 것이 언제나 나의 꿈이었다. 책들은 작은 상자마다 멋지게 자리를 잡고 있었다. 내 책들, 내가 읽은 책들. 머라이어는 요즘 내게 무슨 말을 하든 늘 사나운 말투였다. 그리고 내가 따라야 할 규칙이라는 것을 만들기 시작했다. 난 원하는 대로 해주었다. 그녀의 입장에서 달리 뭘 어쩌겠는가? 난 하인이고 자신은 주인이라고 주장하는 것이 그녀에겐 마지막 방책이었으니까. 예전엔 우리가 친구 사이라고 주장했는데, 생각대로 잘되지 않았던 것이다. 내가 이제 그녀를 떠나니까. 주인 행세는 그녀와는 전혀 맞지 않았고, 그런 그녀를 보니 애처로운 마음이 들었다. 그러면서도 엄마가 내게 여러 번 해주었던 이야기가 떠올랐다. 한평생 살며 내 한 몸 널 자신만의 공간은 꼭 마련해야 한다고 했다. 그건 정말 중요한 일이라고, 여자라면 특히 더 그렇다고.

드디어 내가 떠나기로 한 날이 되었다. 햇빛은 찾아볼 수 없는 잔뜩 흐린 날이었다. 토요일이었다. 루이스는 아이들을 데리고 달팽이 요리를 먹으러 프랑스 식당에 갔다. 네 아이들이 다 그런 걸 좋아했다. 결국 그 아이들이 누리게 될 삶과 잘 어울리는 것이니 잘된 일이었다. 머라이어가 택시에 짐을 싣는 일을 도왔다. 그녀의 작별인사는 냉랭했다. 목소리도 표정도 냉담했다. 나를 안아주지도 않았다. 하지만 난 그 무엇도 기분 나쁘게 받아들이지 않았다. 우린 언젠가 다시 친구가 될 것이다. 내게는 아무런 감정도 들지 않았는데, 새로운 삶이 무엇을 마련해놓았을지 모르기 때문이었다.

다음날 아침 난 새 침대에서 눈을 떴다. 내 돈으로 산 내 침대였다. 내 몸을 누인 이 공간이 내 것이었다. 그러니까 내가 월세를 낼 수 있는 한은 말이다. 창문에는 요란하고 화려한 꽃무늬 커튼이 걸려 있었다. 가게 주인이 사라사 날염 커튼을 권했지만 난 이것을 골랐다. 이곳 기후에서는 천박해 보일지 모르지만 내가 나고 자란 곳의 기후엔 딱 어울릴 커튼이었다. 커튼 사이로 보니 날씨는 전날과 똑같았다. 해는 보이지 않고 잔뜩 찌푸린 잿빛 하늘. 늘 해가 있는지 없는지를 먼저 살필 테고 흐린 날보다 화창한 날이 좋겠지만, 그래도 이런 날씨에 익숙해지리라는 것을 그때 깨달았다. 내가 내릴 중요한 결정이 날씨에 좌우되지는 않으리라는 것을.

이 아파트를 구한 것은 페기였다. 우린 여전히 절친한 사이였다. 함께 있으면 편하다는 점 외에 우리에게 공통점이라고는 없었다. 우린 처음 만나자마자 서로가 똑같이 들썩거리는 인물임을 알아보았고, 똑같이 주변 환경을 불만족스러워하고 똑같이 몸에 맞지 않는 옷을 걸친 듯 어딘가 불편해한다는 걸 알았다. 거기까지였다. 우린 우리의 차이점과 상대의 단점을 인정했다. 그러다 친하게 지내는 일이 족쇄로 느껴지기 시작했을 때, 종국에는 서로가 평생 지독히 싫어할 인물이 될 낌새가 보이기 시작했을 때, 함께 살기로 결정했다. 그만하길 다행이었다. 그럴 때 결혼을 하는 사람도 있으니까. 그러곤 애를 줄줄이 열 명을 낳고 수십 년을 변함없이 한 지붕 아래 살다가 결국 죽어서도 나란히 묻히지 않나. 우린 그저 이 년 임대계약서에 우리의 이름을 나란히 적었을 뿐이다.

일요일이었다. 교회 종소리가 들렸다. 교회에 가본 지가 일 년이 넘었다. 고향을 떠난 후로 가지 않았으니까. 난 여전히 신을 믿는 것 같다. 달리 뭘 어쩌겠는가? 하지만 뭘 어떻게 해야 하느냐고 신에게 묻는 일은 이제 하지 않는다. 나와는 맞지 않는 답이 나올 것이 분명하니까. 이제 난 내가 값을 지불할 수 있는 한은 내게 맞는 일을 할 수 있다. "값을 지불할 수 있는 한." 어느새 주객전도가 되어 그 구문이 내 삶을 좌우하게 되었다. 내가 그때 세상을 떴다면, 이 말이 내 비문이 되었으리라.

부모와 내내 함께 살아온 페기는 더이상 그렇게는 못 살겠다고 했다. 아주 지긋지긋하다고. 부모라는 존재가 나이에 어울리지 않게 된 스타일의 옷 같다고 했다. 난 부모에 대해 이런 식으로 말하는 사람은 지금껏 본 적이 없었다. 부모를 아무것도 아닌 존재, 하찮고 성가신 존재로 치부할 수 있다는 사실조차 전혀 알지 못했다. 그런 그녀를 우러러봐야 할지 가엾게 여겨야 할지 알 수가 없었다. 페기의 부모는 넉넉한 인품을 지녔다든지 숨쉴 때마다 그 존재를 떠올리게 되는 그런 부모는 아니었으니까. 페기는 이 아파트가 비어 있다는 말을 누군가에게서 들었다고 했다. 침실 두 개에 응접실과 부엌과 화장실이 있었다. 난 고향을 떠나기 전까지 상하수도 시설이라는 사치를 모르고 살았었다. 수도꼭지에서 찬물 더운물이 나오고, 문을 닫고 옷을 벗은 뒤 욕조 안에 들어가 원하는 만큼 몸을 담글 수 있는 사적인 공간도. 그런 것들을 평생 모르고 살면서도 그것을 내게 불행을 안기는 것들의 목록에 포함하지 않을 수 있었다. 하지만 이젠 아니었다. 이 아파트에 욕실이 하나뿐인 것을 알고 난 실망감을 금할 수 없었다. 머라이어와 루이스의 집에는 내 욕실이 따로 있었고, 다른 사람이 내 냄새를 맡는 일은 없었다. 이 아파트 뒤쪽 창문에는 창살이 있었다. 혹시 아이들이 떨어질까봐 달아놓은 예쁜 창살이 아니라, 절대 좋을 리 없는 의도를 지닌 누군가가 안으로 들어오지 못하도록 막아둔 십자형 창살이었다. 화창한 날이면 앞쪽 창으로 햇빛이 가득 쏟아져들어왔다. 예전에 난 대개 만족스러운 삶을 이루는 요소로 여기는 것들—서로 사랑하는 가족, 풍족한 먹을거리, 조화로운 환경—에 둘러싸여 누워 있을 때에도 만족이라고는 몰랐다. 그땐 이런 곳에서 살 수 있기를 간절히 바랐다. 창문마다 내게 해를 끼치려는 사람들을 막는 창살이 달려 있고, 매서운 날씨에 굽이굽이 불안한 미래만 놓인 그런 곳. 역사를 들여다보면 대단한 사건이 가득하다. 그렇게 대단한 사건이 일어나거나 언급될 때마다 자그마한 어떤 인물, 불행하고 불만에 찬 인물, 이곳이 내 자리가 아니라는 심정으로 다시 세상을 뒤집어 대단한 사건을 새로이 일으키려는 인물이 있을 것이다. 난 대단한 사건을 처음 일으키는 인물은 못 되지만, 그래도 그런 현상은 이해하고 있었다.

예전에는 일요일에 늦게까지 침대에 누워 있었으면 하고 바랄 때가 많았다. 특히 교회에 간다든지 하는 일로 일어나고 싶지 않았다. 일요일이었고 난 침대에 누워 있었고, 이젠 아무때나 내가 원할 때 일어나면 되었다. 침대 앞쪽 벽에는 휴에게서 빌린 사진기로 찍은 사진을 붙여놓았다. 물을 찍은 사진이었다. 내가 여름을 보냈던 호수의 물. 물 말고는 아무것도 없었다. 보트도 사람도 어떤 생명체도. 오직 잔물결이 고르게 이는 물의 표면과, 들어가고 싶은 마음이 들지 않는 컴컴하고 위험한 깊은 물속뿐. 내 고향 섬을 둘러싸고 있던 물과는 정반대였다. 그곳의 물은 농담이 다른 세 가지 푸른색을 띠었고, 들어오라 손짓하는 잔잔하고 따뜻한 물이었다. 그것을 얼마나 당연시했던지 이제는 내가 저주하는 것 중 하나가 되었다.

머라이어가 서랍이 여럿 달린 작은 책상 하나를 내게 주었다. 난 그것을 침대 가까이 놓고 등을 올려놓았다. 맨 위 서랍으로 손을 뻗어 작은 문서 꾸러미를 꺼냈다. 여권과 이주민 신분증, 취업허가증, 출생증명서, 그리고 아파트 계약서 사본. 이 문서들은 나에 관한 모든 것을 담고 있지만, 사실 나에 대해 알려주는 것은 아무것도 없었다. 내 출생지와 함께 1949년 5월 25일에 태어났다고 적혀 있다. 내 신장이 얼마인지도. 피부색과 눈 색깔이 둘 다 갈색이라고 적혀 있다. 연하고 진한 정도도 똑같은 갈색인지는 나와 있지 않지만. 이 모든 문서에 적힌 내 이름은 루시다. 루시 조지핀 포터. 난 그 이름 세 개가 다 너무 싫었다. 조지핀은 엄마의 삼촌인 조지프의 이름에서 딴 것이다. 쿠바의 사탕수수 농장에서 돈을 많이 벌어 부자였기 때문이다. 자기 이름을 따서 내 이름을 지었다는 걸 기억하고 내게 유산을 좀 남겨주지 않을까 싶어서 한 일이었다. 하지만 그분이 세상을 뜨고 난 후 알게 된 바로는 이미 재산을 탕진한 지 오래라 나중엔 기거할 공간조차 없었다고 한다. 성공회 교회의 오래된 묘소에서 살았다고 했다. 포터라는 성은 틀림없이 우리 조상이 노예였을 때 그 주인이었던 영국인의 성일 것이다. 제대로 아는 사람은 아무도 없었지만, 그렇다고 왜 알아보려 하지 않았냐며 그들을 비난할 수도 없었다. 내 이름에서 그나마 애착을 가질 만한 부분은 루시뿐이었다. 처음 내가 가진 세 이름의 의미를 생각해보았을 때 나는 루시라는 이름이 싫었다. 전혀 대단해 보이지 않는 시시한 이름이고 당시에 내가 되고 싶던 그런 인물과는 한참 멀어 보였기 때문이다. 난 혼자서 에밀리나 샬럿이나 제인 같은 다른 이름을 지었다. 내가 정말 좋아했던 책을 쓴 작가 이름이었다. 종국에는 작가인 이니드 블라이턴의 이름을 따서 이니드라는 이름으로 결정을 보았다. 내가 생각해낼 수 있는 가장 특이한 이름이었기 때문이다. 내가 원하는 이름은 바로 이니드라고 확고하게 마음을 먹은 어느 날, 난 엄마에게 이렇게 말했다. "루시라는 내 이름이 싫어. 이니드로 바꿀래. 그 이름이 더 좋아." 내 입에서 이 말이 나오자마자 엄마의 안색이 끓어오르는 피처럼 검붉어졌다. 내게로 몸을 돌렸는데, 엄마가 아니었다. 신처럼 거대한 분노의 불덩이였다. 그때 난 하고많은 엄마들 중에 왜 하필 우리 엄마가 평범한 인간이 아닌 고대 신화에 등장하는 존재냐고 수백 번 자문했다. 그로부터 얼마 지나지 않아 평상시 버릇대로 엄마가 친구들과 나누는 대화를 엿듣다가 아빠의 애를 낳고 엄마와 나를 주술로 죽이려 했던 여자의 이름이 바로 이니드였다는 사실을 알게 되었다. 그 여자 이름이 이니드인 줄은 난 전혀 몰랐다. 불가사의했던 엄마의 행동이 확실히 이해되면서 내 실수가 창피했다. 아무리 엄마에게 상처를 주고 싶다 해도 엄마와 나를 죽이려 했던 여자의 이름을 갖고 싶다는 마음은 절대 먹지 않았을 것이다.

한참 뒤에, 나로 인해 엄마가 어떤 심정에 시달릴지 이제 신경도 쓰지 않았을 때 난 다시 이름 얘기를 꺼냈다. 엄마는 저녁 준비를 하느라 그릇에 담긴 생선을 씻고 양념을 하는 중이었다. 엄마 뱃속에는 막냇동생이 있었다. 애를 더 낳고 싶지 않아서 세 번이나 유산 시도를 했지만 어느 것도 효과는 없었고 아이는 여전히 뱃속에 있었다. 갈색과 흰색 얼룩의 늙은 개가 엄마 옆에 착 달라붙어 있었다. 우리는 그 개가 어디서 나타났는지도 몰랐다. 그 개는 밖에서 기다리다가 엄마가 집을 나서기만 하면 졸졸 따라다녔다. 엄마는 동물을 좋아하지 않았다. 엄마 고향에서는 누군가에게 해를 입히고 싶으면 때로 저주할 셈으로 동물을 보냈다고 한다. 개가 따라다니는 걸 보고 엄마는 나쁜 징조라고 굳게 믿고는 온갖 방법으로 개를 떼어버리려 했지만 소용이 없었다. 그 개 역시 새끼를 뱄다는 사실을 알게 되면서 엄마는 더이상 개를 떼어버리려 하지 않았다. 그 둘이, 임신한 여자와 새끼 밴 암캐가 함께 거리를 걸어가는 모습은 우스꽝스러웠다. 어디든 같이 다녔고 생김새도 비슷해져갔다. 야위어 쪼글쪼글해졌다. 영양부족(엄마는 영 입맛이 없었다)에 어미답지 않았다. 둘 다 신경이 예민해져서 누구든지 불쾌하게 굴면 으르렁거렸다. 엄마가 생선을 손질할 때면 그 개는 곁에 서서 엄마를 귀찮게 하는 파리들을 쫓았다. 정말 볼만했다. 죽은 물고기와 파리와 임신한 여자와 새끼 밴 개.

왜 내 이름을 루시로 지었느냐고 엄마에게 물었을 때 내 앞에 펼쳐진 광경은 그러했다. 처음 물었을 때 엄마는 못 들은 척 아무 대답도 하지 않았다. 다시 묻자 엄마는 나지막이 말했다. "악마 이름을 붙인 거야. 루시는 루시퍼를 줄인 거지. 하여튼 내 뱃속에 들어선 그 순간부터 얼마나 성가셨던지." 그 말은 내게 또렷이 들린 정도가 아니라 심지어 엄마 입에서 나오기도 전에 귓속에 박혔다. 그래도 난 "뭐라고?" 하고 되물었다. 엄마는 다시 말해주지 않았다. "왜 이렇게 귀찮게 하는 거니?" 이 말을 끝으로 더는 아무 말도 하지 않았다. 그 일이 벌어진 잠깐 사이에 짓눌리고 늙고 피곤하던 나는 가뿐하고 말끔하고 새로운 나로 탈바꿈했다. 실패자라는 기분에서 벗어나 의기양양한 기분이 되었다. 그 순간 내가 누구인지 깨달았던 것이다. 어려서 글을 배우기 시작했을 때, 내게 주어진 책은 성경과 『실낙원』과 셰익스피어의 희곡이었다. 창세기 내용은 잘 알았고 때로는 『실낙원』의 대목을 암송해야 했다. 타락의 이야기는 잘 알고 있었지만 나의 상황이 멀게나마 그것과 관련이 있는지는 전혀 몰랐다. 루시, 루시퍼의 여자 이름. 엄마가 나를 악마처럼 여겼다는 것을 알고도 난 놀라지 않았다. 내겐 엄마가 종종 신과 가깝게 여겨졌는데, 결국 악마가 신의 자식이 아니던가? 그렇다고 루시라는 이름이 좋아진 건 아니지만—차라리 대놓고 루시퍼라고 불리는 게 나을 것 같았다—내 이름이 보이면 늘 손을 뻗어 꼭 안아주었다.

난 침대에서 일어나 머라이어가 준 낡은 양탄자 위에 섰다. 스트레칭을 좀 하고 싶었지만 방안이 너무 추워서 몸이 저절로 움츠러들었다. 아파트를 이리저리 돌아다녔다. 페기는 여전히 방에서 자고 있었다. 닫힌 문 너머로 코고는 소리가 들려왔다. 페기는 한때는 일요일마다 부모와 교회에 갔지만, 이젠 절대 그러지 않겠다고 말했다. 화장실에 들어가 거울에 비친 내 얼굴을 보았다. 난 스무 살이었다. 살아온 인생이 길지도 않은데 내 얼굴에 순진함이라고는 없었다. 아직 모든 것을 알지는 못했지만 때가 되면 모든 것을 알게 되는 일을 두려워하지 않을 것이다. 사는 일이 냉랭하고 고되더라도 놀라지 않을 것이다.

앞 창문으로 가서 밖을 내다보았다. 아래를 내려다보니 평일처럼 많지는 않지만 부산하게 오가는 사람들이 보였다. 멀리 다른 건물의 지붕도 보였다. 나무라고는 없었다. 보이는 것은 전부 비현실적이었다. 눈에 들어오는 것마다 넌 절대 우리의 일부가 될 수 없어, 내부까지 뚫고 들어오지 못해, 절대 받아들이지 않을 거야, 하는 느낌을 주었다. 건너편의 한 건물에 시계탑이 있었다. 한참을 뚫어져라 본 후에야 시계가 망가졌다는 사실을 깨달았다. 그러자 이제 끊임없이 내게 찾아드는 어떤 감정이 더욱 절절해졌다. 시간관념이 달라져서 하루하루가 너무 빨리 가는지 너무 느리게 가는지 알 수 없는 그런 감정 말이다.

페기가 어느새 다가와 함께 창밖을 내다보았다. 같은 풍경을 앞에 둔 페기도 나와 같은 것을 보고 있을까? 아마 아닐 것이다. 한 지붕 아래서 지낸 지 채 이십사 시간도 지나지 않았는데, 우리 둘의 다른 점들이 벌써 쌓여가고 있었다. 페기는 음식을 직접 하기보다 통조림이나 이미 조리된 음식을 더 좋아했다. 대체로 무슨 일이든 다른 사람이 해주는 걸 더 좋아했다. 단추를 달 줄도 몰랐다. 창문 앞 내 곁에 선 페기에게서 담배 냄새와 퀴퀴한 음식 냄새가 났다. 아직 목욕도 하지 않고 양치질도 하지 않은 것이다. 페기가 내 어깨에 머리를 기대며 말했다. "믿어져? 우리가 해냈다는 게 믿어져?" 머리칼에서 레몬 향이 났다. 진짜 레몬, 고향집 마당에서 자라는, 내가 아는 레몬의 향기가 아니라, 실험실에서 만든 인공 레몬 향. 페기는 진짜 레몬 향이 어떤지 몰랐다. 여기서 어떻게 빠져나갈 수 있을까? 내 안에서 이런 생각이 솟아올라 난 황급히 그것을 커다란 바위로 눌렀다. 페기가 담배에 불을 붙였다. 그러지 말았으면 싶었다. 페기는 인스턴트커피를 끓이자고 했지만 난 머라이어가 하던 방식대로 뜨거운 우유를 섞은 커피를 끓였다. 오후가 지나갔다. 지금 엄마는 무얼 하고 있을까 하는 생각에 한참 잠겨 있다보니 엄마 얼굴이 보였다. 무조건 나를 사랑했던, 예전 그때의 얼굴이었다.

그날 이른 저녁에 폴이 처음으로 아파트를 보러 왔고 저녁을 사준다며 우리를 데리고 나갔다. 작은 노란색 장미로 만든 커다란 꽃다발을 가지고 왔고, 부엌에 서서 냄비에 음식을 끓이고 있는 나를 찍은 사진을 내게 주었다. 사진 속의 나는 상반신을 발가벗고 있었다. 허리 아래로는 천을 두르고 있었다. 그가 어떤 식으로 나를 소유했다는 생각을 하게 되었던 때이자 내 편에서는 그에게 싫증이 나기 시작한 때의 사진이었다. 그때 난 큰 소리로 노래를 부르고 있었다. 가사가 이랬다. "너의 미친, 미친 사랑이 내가 꿈꾸는 것." 그는 내 심리 상태가 좀 특이하다고 보았지만 그것이 오로지 자신 때문이라고 여겼다. 하지만 나는 그냥 노래를 부른 것뿐이었다. 별다른 의미는 없었다. 이제 그는 내게 키스를 할 때에도 내 입술을 오래 누르고 내 몸을 꽉 끌어안는 식으로 독점욕을 내보였다. 그렇게 하면 내게도 반응이 일어나긴 했지만, 그의 생각만큼 특별한 것은 딱히 아니었다. 난 그 자신이 의식한 이상으로 그를 잘 알았다. 그는 폐허를 사랑했다. 과거를 사랑했는데, 오직 슬픈 결말에 이르렀을 때만, 우뚝 솟은 상태에서 시작했다가 점차 쇠퇴하며 썩어갈 때만 그랬다. 아주 먼 곳에서 온, 신비로운 역사를 가진 존재를 사랑했다. 너란 인물은 이미 다 파악했다고 말해줄 수도 있을 정도였지만, 그가 앞으로 오래도록 내게 중요할 사람은 아니니까. 그가 우리를 데려간 식당에서 온갖 크기와 모양의 마카로니에 갖가지 소스를 얹은 음식이 나왔다. 다만 그 이름이 마카로니가 아닌 낯선 이름이라, 그걸 마카로니로 부르는 내가 틀렸다는 기분이 들었다. 아파트로 돌아와서 문지방을 넘는 순간 그곳이 내게는 집이 아니라 단지 지금 내가 사는 장소임을 깨달았다. 폴과 내 침대에서 잤다. 내 침대에서 남자와 함께 잔 것은 처음이었다. 예전엔 그런 일을 내 삶에서 바랄 만한 획기적 사건으로 상상했지만, 지금의 내게는 별로 중요하지 않았다. 그저 적어두기만 했다.

나는 그주 월요일에 새 일을 시작했다. 머라이어에게 떠나겠다고 말했을 때만 해도 내가 무슨 일을 하게 될지 몰랐다. 사실 내가 할 수 있는 일이라고는 없었다. 학교를 다닌 일과 아이들을 돌본 일 말고는 다른 경험이 없었으니까. 하지만 두렵지 않았다. 어쩐지 그랬다. 폴의 지인 하나가 음식이나 생명이 꺼져버린 여러 존재의 사진을 찍어 잡지에 팔았다. 그 남자가 전화를 받고 메모를 남겨두고 편지에 답장을 하고 심부름을 하면 월급을 주겠다고 했다. 얼마 안 되는 돈이었지만 그것만으로도 감사했다. 페기가 내게 직업 세계에 들어갈 준비를 시켜주고 있었다. 일자리를 구할 때 가져야 할 태도라든지, 전혀 진심이 아닐지라도 적절한 정도의 존경과 순종을 내비치고 비위를 맞춰주는 방법을 알려주었다. 일단 일자리를 구하고 그 자리가 안정적이다 싶으면 그때 내 본성을 드러내도 좋다고 했다. 난 기만적 행동을 딱히 반대하지는 않지만 그래도 시작을 그런 식으로 하고 싶지는 않았다.

그 월요일은 앞으로 올 월요일과 다를 바 없었다. 나머지 요일도 역시 앞으로 올 날들과 다를 바 없었던 것처럼. 페기와 나는 각자 화장실을 쓰는 시간, 복도의 전신거울을 보는 시간, 부엌에서 아침식사 준비를 하는 시간을 두고 암묵적인 합의를 보았다. 거리 모퉁이에서 페기는 날 안아주었고 볼에 입을 맞추며 행운을 빌어주었다. 그 순간에 담긴 무언가, 아래쪽에 묻혀 있던 무언가로 인해 눈에 눈물이 어렸지만, 우리는 눈물이 흘러내리기 전에 몸을 돌려 각자의 길을 갔다. 난 고개를 꼿꼿이 들고 거리를 걸으며 눈에 들어오는 것을 놓치지 않으려 애썼고, 그 모두가 어떻게 보이고 내게 어떻게 다가오는지 기억하려 했지만, 이후 내 마음속에 단단히 자리잡을 것들은 지금 내가 빤히 바라보는 것들이 아닐 것임을 그때 이미 알았다. 난 사무실에 들어가 직원들에게 인사를 하고 내 책상에 앉았다. 지금 난 내가 늘 원했던 그런 삶을 살고 있었다. 가족에게서 떨어져, 나를 잘 아는 사람이 아무도 없는 곳, 대부분 내 이름조차 모르는 곳에서의 삶, 그래서 얼마간 내 마음 내키는 대로 자유롭게 다닐 수 있는 그런 삶. 그런 상황이 되면 행복감, 희열, 소망이 성취되었다는 만족감 등이 찾아오리라 생각했지만 내 마음속에서는 그 어떤 것도 찾아볼 수 없었다.

나를 고용한 사람의 이름은 티머시 사이먼이었다. 그는 팀이나 티머시라고 불러달라고 사정했지만, 난 사이먼 씨라고 불렀다. 그렇게 했기 때문에 그가 여자들을 부를 때 으레 쓰는 '허니'나 '달링'을 내게는 쓰지 않았다. 내가 자기 친구의 친구니까 우리도 친구가 되어야 한다고 그가 말했다. 하지만 그때 난 남자를 잘 몰랐다. 그나마 알고 있던 사항도 별로 좋은 것들은 아니었다. 친구 관계란 단순하지만 또 복잡하기도 하다. 우정은 표면적으로는 자연스럽고 다들 쉽게 당연시하지만, 그 아래쪽으로는 수많은 세상이 있었다. 우리는 친구가 되지는 않았지만 그가 흥미롭기는 했다. 내가 만나본 사람 중에서 세상과 상당히 타협하며 살아가는 사람은 그가 처음이었다. 스튜디오에서 생명이 꺼져버린 존재들의 사진을 찍는 일은 그가 원해서 하는 일이 아니었다. 원래는 세상을 돌아다니며, 자기 잘못도 아닌데 끔찍한 고통을 겪는 사람들 사진을 찍고 싶었다고 했다. 하지만 그가 정말로 찍고 싶은 사진을 원하는 시장은 워낙 협소해서 지금은 이 일을 하며 생활비를 벌고 있다고 했다. '생활비'라고 내뱉은 후 그는 입술을 꼭 다물며 미소를 지어 보였는데, 그건 결코 미소가 아니었고 더이상 질문하지 말라는 신호였다.

매일 아침 일어나서 준비하는 아침은 점점 빈약해지다가 결국 차 한잔이 되었다. 페기와 나는 길모퉁이까지 함께 걸어간 뒤, 거기서 헤어져 페기는 북쪽으로, 난 남쪽으로 향했다. 스튜디오에서 여러 허드렛일을 했는데 어떤 일은 다른 사람보다 더 잘했다. 가령 난 타자를 전혀 못 쳤지만 전화 받는 실력만큼은 정말 최고라고 다들 입을 모았다. 커피를 입에 달고 살게 되었다. 전에 마시던 커피와는 전혀 다른 시궁창맛이 나는 커피였다. 바로 먹을 수 있는 음식이나 샌드위치, 젤라틴과 사워 밀크를 섞어놓은 듯한 음식으로 점심을 때웠다. 다 몸에 안 좋은 음식이 분명했지만 그래서 좋았다.

사이먼 씨는 자기가 쓰지 않을 때 내가 암실에서 사진을 인화해도 좋다고 했다. 그 일은 근무시간을 피해서 했다. 나는 여전히 사진을 찍고 있었는데 왜 찍는지는 나도 몰랐다. 근처 대학교에서 야간 수업을 들을까 해서 월급에서 조금씩 떼어 돈을 모으기도 했지만, 딱히 어떤 인생의 목표가 있어서는 아니었다. 그냥 그런 일이 즐거웠다. 이따금 늦게까지 사무실에 남아 암실에서 내가 찍은 스냅사진을 제대로 인화해보려 했다. 내가 주로 좋아하는 사진은 거리를 걷는 사람들 사진이었다. 개개인을 찍은 것이 아니라 어디론가 바삐 걸음을 옮기는 사람들의 모습을 담은 사진. 모르는 사람들이었고 굳이 알고 싶지도 않았다. 내가 본 광경이 더 아름답게 나타나도록, 내가 보지 못한 어떤 것이 드러나도록 사진을 인화해보려 무진장 애를 썼지만 성공하지 못했다.

밤에 혼자 집으로 걸어가곤 했다. 겨울이 지나갔으므로 내가 처음 이 삶의 새 장을 열었을 때보다 공기는 조금 더 훈훈하고 텁텁했다. 집에 들어가니 페기는 이미 잠옷을 입고 있었다. 머리를 막 감아 그 인공레몬 향이 풍겼다. 페기는 밤마다 머리를 감고 젖은 머리로 잠자리에 들었다. 그래야 아침에 원하는 효과가 나타난다고 했다. 내가 집에 와서 처음 페기의 그런 모습을 보았을 때, 페기는 미용학교에 들어가고 싶다는 마음을 털어놓았다. 그 말을 하는 페기가 무척 안쓰럽게 느껴졌다. 그게 마치 공직에 들어가는 일이라도 되는 듯한 말투였기 때문이다. 내가 사진 인화를 하며 겪는 어려움을 페기에게는 절대 말할 수 없으리라는 것을 바로 그때 깨달았다. 때로는 폴이 집에서 나를 기다리고 있었다. 폴은 내 침대에서 기다렸다. 페기는 폴이 와 있으면 자기 사생활이 침해된다고 보았기 때문이다. 페기 말이 무슨 뜻인지 잘 알았다. 그가 내 침대에 있는 것이 나로서는 전혀 바라지 않는 일일 때가 많았지만, 그쪽에서 이별을 통보하지 않는 다음에야 지금으로서는 더이상의 이별은 하고 싶지 않았다.

나는 이 세상에서 혼자가 되었다. 그것만 해도 상당한 성취였다. 그 걸 이루려 애만 쓰다 죽을 수도 있다고 생각했으니까. 행복하지는 않았지만, 그것까지 바라면 과하지 싶었다. 머라이어를 만났다. 그녀가 저녁을 함께하자며 날 불렀다. 우린 다시 친구가 되었다. 서로 많이 보고 싶었다고 말했다. 머라이어는 평소보다 훨씬 더 야위어 보였다. 그녀는 혼자였고 외로웠다. 네 아이들이 있어도 아이들이 동무를 해줄 수는 없으니까. 자연 풍광이 무척 아름다운 아주 먼 곳으로 가서 살 거라고 했다. 그곳에 사는 사람들은 모두 사랑과 신의가 가득하고, '평화'라는 말로 서로에게 인사를 건넨다고 했다. 우린 바닥에 앉아 음식을 먹었다. 주변에는 결혼의 잔해들이 널려 있었다. 크리스털 포도주 잔과 물잔, 진짜 금으로 테두리를 두른 도자기 접시, 진짜 은으로 만든 식기. 결혼 생활을 하며 생긴 다른 많은 물건과 함께 그것들을 다 나눠줄 거라고 했다. 원하는 것이 있으면 가져가라고 했지만 난 아무것도 원하지 않았다. 그런 것들과 함께 산다는 것은 상상도 할 수 없었다. 그녀 자신에게도 그랬겠지만, 그녀가 소유한 물건에서는 하나같이 세상살이의 무게가 느껴졌다. 그녀가 오래전 이탈리아에서 샀다는 공책을 내게 선물로 주었다. 옛날 물건들을 정리하다가 찾았다고 했다. 새빨갛게 물들인 가죽 표지에, 내지는 우유처럼 하얗고 매끈했다. 지금의 삶을 위해 그녀의 집을 떠날 무렵, 난 내 삶이 백지로 된 책처럼 앞에 펼쳐져 있다고 그녀에게 말했었다. 머라이어는 공책을 주며 내가 했던 그 말을 꺼냈다. 그리고 이젠 그런 그녀를 아주 좋아하게 되었지만, 정말 그녀답다싶게 여성과 일기와, 당연하게도 역사에 대해 이야기했다. 작별인사를 하고 나오자, 과연 머라이어를 앞으로 다시 볼 수 있을지 알 수 없었다.

어느 날 밤 난 집에 혼자 있었다. 페기는 혼자 놀러 나갔고 폴도 혼자 나갔다. 이런 일이 점점 자주 일어난다는 사실을 알아차리긴 했다. 두 사람이 뭔가로 바쁜데, 함께 뭘 하느라 바쁜 게 아닌가 싶다. 나로서는 두 사람이 내가 신경쓰지 않는다는 걸 알고 오히려 성질이 나서 내 삶에 지장을 주는 일만 없기를 바랄 뿐이다. 난 이런저런 소소한 일들을 했다. 속옷을 빨고 가스레인지를 문질러 닦고 화장실 바닥을 청소하고 손톱을 다듬고 서랍을 정리하고 생리대가 충분한지 확인했다. 침대에 누워서도 불을 켜놓은 채 아무것도 하지 않고 한참을 누워만 있었다. 그때 머라이어가 준 공책이 눈에 띄었다. 침대 곁 탁자에 놓여 있었다. 그 옆엔 예쁜 파란색 잉크를 채운 내 만년필이 있었다. 난 공책과 만년필을 집어들고 공책을 폈다. 첫 장 맨 위에 내 이름을 썼다. 루시 조지핀 포터. 그렇게 써놓고 보니 오만 가지 생각이 밀려들었지만 내가 쓸 수 있는 것은 그저 이것뿐이었다. "사랑해서 죽을 수도 있을 만큼 누군가를 사랑할 수 있으면 좋겠다." 그 문장을 보자 수치스러움이 집채만한 파도처럼 나를 휩쓸어 난 하염없이 울었고, 공책에 떨어진 눈물로 잉크가 다 번져 글자들은 하나의 커다란 얼룩이 되었다.

피식민 소녀의 착종된 성장기

저메이카 킨케이드는 카리브계 여성문학의 대표적인 작가로 고향 앤티가섬과 이후 미국에서의 삶을 뼈대로 한 자전적 소설들로 잘 알려져 있다. 카리브해 지역은 15세기 말 콜럼버스가 '발견'한 이후 20세기까지 유럽 제국의 식민 지배를 받았다. 아메리카대륙의 다른 지역과 마찬가지로 원주민은 거의 사라지고 현재 주민들은 대부분 유럽에 수출할 사탕수수 등의 재배를 위해 아프리카에서 강제로 실어온 흑인 노예의 후손이다. 영국은 1833년 카리브해 지역에서 노예제를 폐지했지만, 제국주의적 식민지 경영은 이후로도 오래 지속되었다. 1632년에 영국의 식민지가 된 앤티가섬은 1981년에야 완전히 독립했는데, 현재도 영연방에 속해 있다.

카리브해 지역의 경제는 독립 이후에도 대체로 식민지 시절부터 이

어온 수출용 단일작물 재배와 관광업에 의존해왔다. 그렇게 경제 상황
이 취약한 탓에 '식민지 모국'으로의 이주가 많았는데, 제2차세계대전
이후 노동력 부족을 해결하기 위해 1965년에 미국의 이민법이 개정되
면서 미국으로의 이주가 활발해졌다. 이때 특히 영어권 카리브계 유색
여성들이 주로 가사 도우미나 입주 보모를 하러 미국으로 건너갔고, 열
일곱 살에 뉴욕시 상류층 가정에 들어가 입주 보모로 일하게 된 킨케
이드도 그중 하나다.

자전적 소설로 보건대 반항심과 독립심으로 똘똘 뭉친 인물이었을
킨케이드는 삼 년가량 보모 일을 하다가, 장학금을 받고 대학에 입학해
사진을 공부하며 온갖 일로 생활비를 벌었다. 다니던 대학을 일 년 만
에 그만둔 후에는 잡지에 글을 기고하기 시작했다. 그러던 중 『뉴요커』
의 고정 칼럼니스트 조지 W. S. 트로와 친분을 맺고 그를 통해 만난 편
집장 윌리엄 숀에게 발탁되어 '마을 이야기Talk of the Town'라는 난에
고정적으로 글을 썼다. 킨케이드 자신도 밝혔듯이, '마을 이야기'에 구
년간 그의 글을 싣고 통틀어 이십 년간 그를 『뉴요커』의 전속 작가로
두며 작품활동을 독려하고 도움을 아끼지 않았던 윌리엄 숀은 킨케이
드가 작가로 자리를 잡는 데 큰 힘이 된 인물이다.

킨케이드는 첫 장편소설 『애니 존』으로 문단의 주목을 받기 시작한
다. 여전히 영국인 교사에게서 영국문학과 역사를 배우는 식민지 앤
티가섬에서 보낸 어린 시절과 엄마와의 애증 관계를 강렬하게 그려낸
『애니 존』은 애니가 영국으로 떠나는 날로 끝맺는다. 오 년 후 출간된
『루시』는 십대 주인공이 고향을 떠나 미국에 도착하는 날로 시작한다

는 점에서 주인공의 이름은 달라도 『애니 존』의 후속편이라 할 만하다. 앤티가를 지배해온 영국을 향한 애니의 분노는, 카리브해 지역과 마찬가지로 흑인 노예제를 오래 유지한데다 인종차별과 인종적 편견이 여전한 미국의 백인에 대한 루시의 분노로 이어지고, 엄마와의 애증 관계 역시 자신을 고용한 상류층 백인인 머라이어와의 관계를 매개로 지속된다.

'화가 많은 애'라는 머라이어의 말처럼 루시의 분노와 적의는 이 작품의 주된 정조인데, 그 대상은 주로 우선 영국 제국주의와 미국 백인의 인종적·계급적 편견이다. 루시는 처음 만나 자신의 출신지를 듣고 서인도제도를 뭉뚱그려 그저 아름다운 관광지로 치부하는 대부분의 백인들에게 분노하고, 시골 별장으로 가는 기차 안에서 백인 승객들과 그들을 시중드는 흑인을 보며 계급 차이를 의식하는 한편, 이러한 상황을 눈치채지 못하는 상류층 백인 머라이어에게 분노하고, 머라이어가 좋아한다는 흙을 막 갈아엎은 너른 밭 풍경에서도 밭을 가는 고된 노동만을 떠올린다.

루시의 이런 정서는 수선화 장면에서 집약적으로 나타난다. 루시는 고향에서는 경험해본 적 없는 기후인 겨울날, 뉴욕에 도착한다. 사계절이 있는 지역에서는 대개 그렇듯이 춥고 황량한 겨울을 견디던 사람들은 다가오는 봄날에 대한 기대에 들뜨고, 수선화는 그런 봄날의 아름다움과 설렘을 상징하는 꽃이다. 하지만 루시는 수선화를 기대하는 머라이어의 말에 그 꽃을 본 적도 없던 학창시절에 윌리엄 워즈워스의 「수선화」라는 시를 암송해야 했던 일을 떠올린다. 루시에게 수선화는 〈통치하라, 브리타니아〉라는 노래와 마찬가지로 제국주의를 떠올리게 하는 꽃일 뿐이라 산들바람에 몸을 숙이는 수선화를 보면 살아 있는 게 기쁘다는 머라이어를 이해하기 힘들다. 루시의 그런 사정을 알면서도 머라이어가 루시에게 수선화를 보여주고자 한 까닭은, 루시의 피식민 경험이 아름다움에 감동하는 인간다움을 앗아갔다면 그것을 다시 회복하도록 돕는 일이 루시를 위한 일이라고 여겼기 때문일 것이다. 하지만 활짝 핀 꽃을 보며 아름답다고 생각하면서도, 그 꽃이 수선화라는 사실을 알기도 전에 꽃들을 다 죽여버리고 싶은 기분이 들 정도로 루시의 피식민 상처는 깊기만 했다.

'착한 백인'이라고 해서 식민지 유색인종인 루시의 비판적 시선에서 벗어나지는 못한다. '자기 아이들을 돌봐주러 지구 반대쪽에서 온 소녀를 사랑할 수 있는 사람이 있다면 머라이어가 바로 그런 사람'이라고 루시 자신도 인정하듯이 루시를 한 식구로 여기는 머라이어는 친구인 다이나와 달리 취약한 계층과 다른 인종에 대한 배려심이 있고 지구 생태에 관심을 기울이며 직접 실천하는 삶을 사는 인물이다. 하지만 머라이어를 포함해 상류층과 중산층 중심의 생태주의 활동가들을 보며, 루시는 그들의 계급적 특권 자체가 생태의 파괴를 통해 얻어진 것이므로 상류층의 생태주의적 사고나 실천이 일종의 자기기만일 수 있다는 점을 간파한다. 또한 과거 위대한 탐험가들이 '자유'를 추구했고, 그렇게 자유를 찾아 나서는 것이 인간의 조건이라는 폴의 말에 루시가 "자유를 향해 가는 길에서 누구는 재물을 얻고 누구는 죽음을 얻지"라고 대꾸하는 데서 볼 수 있듯, 제1세계인인 폴이 '자유'를 단순히 추상적인 개념으로 여긴다면 루시는 그 '자유'가 실제 역사에서 어떤 식으로, 누구의 희생으로 실현되었는지를 놓치지 않는다.

하지만 루시가 그 누구보다도 증오하는 대상은 엄마다. 엄마를 향한 증오의 전말은 어떤 면에서 전사前史격인『애니 존』을 읽었을 때 제대로 이해되는 면이 있지만, 이 작품에서 루시가 증오하는 엄마는 자신의 삶을 규정하는 과거이자 여자라는 존재다.

내 과거는 엄마였다. (…) 여자라면 누구나 이해할 수 있는 그런 언어로 엄마가 내게 말을 걸었다. 그리고 틀림없이 난 여자였다. 아, 그건 조롱의 웃음이었다. 엄마처럼 되기 싫다는 말을 얼마나 오랫동안 되뇌며 살았던지 그러다가 사정의 전말을 놓치고 말았다. 난 엄마처럼 되지 않았다―난 그냥 엄마였다.

모녀 사이나 여성 간의 관계에서 공통의 경험이나 처지를 인식하는 순간은 대개 공감과 이해의 순간이기도 하다. 루시에게 사정이 그렇지 않은 이유는 엄마가 자신을 배신했다고 보기 때문이다. 루시는 아홉 살 때까지 엄마의 사랑을 독차지했지만, 그후 오 년 사이에 남동생 셋이 태어나면서 엄마의 관심 밖으로 밀려난다. 루시는 자기 인생의 반에 평생 다시 오지 않을 참사랑을 누렸고, 나머지 반은 그 사랑이 끝난 것을 애도하며 살았다고 말한다. 그러나 애도란 떠나보내는 과정이기에 사실 루시는 애도하며 떠나보냈다기보다는, 애도하며 떠나보낼 수 없기에 증오와 원한으로 상실감에 대처했다고 봐야 할 듯하다.

엄마의 배신은 근본적으로 남성 우위의 가부장적 제도와 사고방식에서 비롯한다. 루시는 자신과 남동생에게 기대하는 바가 다르다는 사실, 남동생에게는 남자라는 이유로 거창한 미래를 꿈꾸면서 자신은 빅토리아시대의 고리타분한 정조 개념에 따라 '난잡한 여자'가 되지 않도록 하는 데만 관심이 있는 부모의 태도에 격분한다. 아니 엄마에게 격분한다. 아빠는 자식이 정확히 몇 명인지도 몰랐는데 남자란 원래 그런 존재이고, 아빠가 딸이 아닌 아들에게만 큰 기대를 품는 것은 같은 남자로서 당연하다고 보기 때문이다. 루시가 '원래 그런 남자' 루이스로 인해 고통받는 머라이어를 이해하지 못하는 까닭은 이렇게 앤티가의 남자들을 근거로 남자 전체를 형편없는 존재로 일반화하기 때문이기도 하고, 다른 한편으로는 루시가 그리는 자신의 삶 속에 '관계'의 자리가 없기 때문이기도 하다.

루시가 이해하는 엄마와의 관계는 식민지성이 내포하는 지배/피지배의 관계와 중첩된다. 남동생을 연이어 낳은 엄마가 특히 세번째 아이를 가졌을 때 온갖 방법으로 낙태를 시도했던 일에서 단적으로 나타나듯이 엄마는 아이를 뱃속에 가지고 있을 때부터 그 생사 운명을 좌우하는 존재다. 태어난 후에도 자신의 방식대로 아이를 먹이고 키우며 딸을 자기 분신으로 만드는 '막강한' 존재다. 루시의 엄마처럼, 그리고 앤티가의 대부분의 여자들처럼 강하고 적극적인 엄마라면 더욱 그렇다. 말하자면 엄마에게 전적으로 의존하여 엄마의 의지에 따라 만들어지는 아이란 식민지 모국과 식민지의 관계처럼 한쪽이 무력하게 지배당하는 상황과 크게 다르지 않은 것이다.

고향을 떠나 가족과의 연락을 끊는 일은 곧 엄마/모국과의 관계를 끊는 것이다. 엄마와의 관계를 끊는다는 것은 딸의 삶을 좌우하는 막강한 엄마에게서 벗어나는 일이면서 동시에 엄마로 대표되는 '여자'의 운명을 벗어나는 것인데, 엄마에 대한 의존도가 워낙 높았던 루시에게 그 과정은 특히 폭력적이고 격렬하다. 목에 매달린 맷돌 같은 존재인 고향의 가족과 친족 관계에서 물리적으로 벗어나는 것으로 시작하여 진정한 의미에서 '이 세상에서 혼자'가 되는 것으로 끝나는 루시의 망명은 결국 모든 관계를 끊거나 부정한다. 휴를 만나 사랑을 나누고 폴과 사귀면서도 절대 사랑이 아니라고 거듭 주장하는 것이나, 어떤 경우든 감정적으로 연루되기를 회피하는 것 모두 관계에서 상처받는 일을 미리 막기 위해서다. 사춘기에 있을 법한 자연스러운 성적 관심이 친밀한 관계를 부정하는 육체적 쾌락의 탐닉으로 과장되는 것 역시 엄마의 교육 방식에 대한 반발에서 기인한다.

독자는 마지막 장에서야 주인공의 이름 '루시'의 본뜻을 알게 된다. 천상에서 쫓겨난 악마 루시퍼. 그렇게 보면 이 소설에 가득한 무자비한 분노와 원한이 이해되는 면도 있다. 이는 분명 이 작품의 강점이지만 독자에게 불편함을 안기기도 한다. 킨케이드의 작품에서 전반적으로 나타나는 격렬한 분노를 두고 비평적 판단이 갈리는 것도 그 때문이다. 루시는 자기 이름의 뜻을 알고 나서 짓눌리던 '나'에서 탈바꿈하여 새로운 자아를 찾았다고 말한다. 세상에 대한 분노와 원한으로 어쩔 줄 모르던 식민지 성장기 소녀가 바로 그 분노와 원한을 삶의 지침으로 삼은 셈이다.

규범에 얽매이지 않고 반발하며 좌충우돌 부딪는 성장기 서사는 강렬하고 절박하다는 데 강점이 있다. '나'에 대해 묻고, 주변에서 강요하는 '나'에 저항하고, 나만의 '나'를 찾으려는 갈망이 가득한, 오롯이 '나'

를 중심으로 한 서사라서 그렇다. 거미줄같이 얽힌 삶의 면면이 아닌 '나'에게 집중되었기에 그런 강렬함이 가능하다. 아니, 거미줄같이 얽힌 삶의 면면을 단번에 끊어내고 싶은 열망이 가장 강해서 그렇다고 해야 할까. 하지만 그렇게 집중된 강렬한 열망 역시 거미줄같이 얽힌 삶 속에 존재한다.

킨케이드는 자신의 성장기를 그리는 이 소설에서 그렇게 존재하는 성장기를 거리를 두고 돌아보기보다는 그때를 다시 살거나 여전히 그 삶을 사는 듯하다. 그 덕에 독자는 미국으로 이주한 피식민 성장기 소녀의 격렬한 감정을 오롯이 마주하게 되지만, 동시에 그 감정과 그로 인한 불편함을 설명하고, 그 모두를 거미줄같이 얽힌 삶의 맥락에 집어넣어 이해해야 할 과제도 떠맡게 된다. 진부한 단어지만 '성장'이란 곧 그 모든 감정들을 따져볼 수 있다는 뜻이고, 작가가 성장기를 돌아보는 소설을 쓰고 독자들이 성장소설을 찾아 읽는 일이란 결국 어느 정도 '성장한' 내가 과거의 나와 만난다는 의미일 것이기 때문이다.

정소영

1949년   5월 25일 서인도제도의 영연방 회원국인 앤티가 바부다의 수
             도 세인트존스에서 도미니카 이민자인 애니 리처드슨과 로더릭
             포터의 딸로 태어남. 태어날 때의 이름은 일레인 포터 리처드슨
             Elaine Potter Richardson. 이후 어머니가 목수인 데이비드 드루
             와 재혼함.

1958년   첫 남동생이 태어남.

1966년   식구가 많아져 가정 형편이 어려워지자 어머니가 학교를 그만
             두게 하고 입주 보모로 뉴욕주의 스카스데일에 보냄. 일 년 만
             에 그 집에서 나와 다른 집으로 옮긴 뒤 고향에 돈도 보내지 않
             고 가족과 연락을 끊음.

1969년   뉴햄프셔의 프랜코니아 칼리지에 전액 장학금을 받고 입학해
             사진을 공부하지만 일 년 만에 자퇴함. 다시 뉴욕으로 돌아가
             생활비를 벌기 위해 여러 단기 직업을 전전하며 『앵제뉘』『더
             빌리지 보이스』『미즈』 등의 잡지에 글을 기고함.

1973년   저메이카 킨케이드라는 필명을 사용하기 시작함('저메이카'는
             콜럼버스가 서인도제도를 발견했을 당시 'Xaymaca'라는 섬의
             이름을 듣고 영어식으로 부른 이름으로 식민지성을 나타내고자
             택했으며, '킨케이드'는 저메이카와 잘 어울려서 골랐다고 함).
             『파리 리뷰』『뉴요커』에 단편소설을 기고함. 『뉴요커』의 고정
             칼럼니스트인 조지 W. S. 트로와 친분을 쌓고 그를 통해 편집장
             인 윌리엄 숀을 소개받음.

1974년   『뉴요커』에 첫 글이 실림.

1976년	『뉴요커』의 전속 작가가 되어 이후 이십 년 동안 글을 씀. 그중 구 년간 '마을 이야기Talk of the Town'난에 고정적으로 칼럼을 씀.
1979년	윌리엄 숀의 아들인 작곡가 앨런 숀과 결혼하고 유대교로 개종.
1983년	소설집 『강바닥에서At the Bottom of the River』 출간. 이듬해 모턴다우언제이블상을 받음.
1985년	첫 장편소설 『애니 존Annie John』 출간. 버몬트주의 베닝턴으로 이사. 딸 애니 출생. 구겐하임 펠로십 수상.
1986년	동화책 『애니, 그웬, 릴리, 팸, 그리고 튤립Annie, Gwen, Lily, Pam, and Tulip』 출간. 이십 년 만에 앤티가를 방문함.
1988년	에세이 『카리브해의 어느 작은 섬A Small Place』 출간. 백인 관광객과 타락한 앤티가 정부를 격렬하게 비판하는 내용으로 문체가 워낙 공격적이어서 『뉴요커』는 이 책에 실린 글을 잡지에 싣기를 거부했고, 앤티가 정부는 1992년까지 비공식적으로 킨케이드의 입국을 금지함.
1989년	아들 해럴드 출생.
1990년	장편소설 『루시Lucy』 출간. 모친 애니 드루가 버몬트로 찾아옴.
1996년	『뉴요커』의 전속 작가를 그만둠. 장편소설 『내 어머니의 자서전 The Autobiography of My Mother』 출간. 이듬해 전미도서비평가협회상과 펜/포크너상 최종 후보에 오름.
1997년	1996년에 에이즈로 사망한 막냇동생의 회고록 『내 남동생My Brother』 출간.
1998년	에세이 『내가 가장 좋아하는 식물My Favorite Plant』을 직접 편집해 출간.
1999년	에세이 『내 정원My Garden』 출간. 래년상 수상.
2000년	『내 남동생』으로 페미나 외국소설상 수상.
2001년	『뉴요커』에 쓴 칼럼을 엮어 『마을 이야기Talk Stories』 출간.

2002년	장편소설『포터 씨*Mr. Potter*』출간. 앨런 숀과 이혼.
2004년	미국 문학예술아카데미 회원으로 선출됨.
2013년	장편소설『그때 지금을 보다*See Now Then*』출간. 이듬해 비포 콜럼버스 재단의 미국도서상을 받음.
2017년	댄 데이비드 문학상, 〈파리 리뷰〉에서 수여하는 평생 공로상 수상.
2021년	영국 왕립문학협회 국제 작가 회원이 됨.
2024년	일러스트레이터 카라 워커와 함께『유색 인종 어린이를 위한 원예 백과사전*An Encyclopedia of Gardening for Colored Children*』출간.

문학동네 세계문학전집 발간에 부쳐

세계문학은 국민문학 혹은 지역문학을 떠나 존재하는 문학이 아니지만 그것들의 총합도 아니다. 세계문학이라는 용어에는 그 나름의 언어와 전통을 갖고 있는 국민문학이나 지역문학의 존재를 인정하면서 그것을 넘어서는 문학의 보편적 질서에 대한 관념이 새겨져 있다. 그 용어를 처음 고안한 19세기 유럽인들은 유럽 문학을 중심으로 그 질서를 구축했지만 풍부한 국민문학의 전통을 가지고 있는 현대의 문학 강국들은 나름의 방식으로 세계문학을 이해하면서 정전(正典)의 목록을 작성하고 또 수정한다.

한국에서도 세계문학 관념은 우리 사회와 문화의 변화 속에서 거듭 수정돼왔다. 어느 시기에는 제국 일본의 교양주의를 반영한 세계문학 관념이, 어느 시기에는 제3세계 민족주의에 동조한 세계문학 관념이 출현했고, 그러한 관념을 실천한 전집물이 출판됐다. 21세기 한국에 새로운 세계문학전집이 필요하다는 것은 명백하다. 우리의 지성과 감성의 기준에 부합하는 세계문학을 다시 구상할 때가 되었다.

문학동네 세계문학전집은 범세계적으로 통용되는 고전에 대한 상식을 존중하면서도 지난 반세기 동안 해외 주요 언어권에서 창작과 연구의 진전에 따라 일어난 정전의 변동을 고려하여 편성되었다. 그래서 불멸의 명작은 물론 동시대 세계의 중요한 정치·문화적 실천에 영감을 준 새로운 작품들을 두루 포함시켰다.

창립 이후 지금까지 한국문학 및 번역문학 출판에서 가장 전문적이고 생산적인 그룹을 대표해온 문학동네가 그간 축적한 문학 출판 경험을 바탕으로 새로운 세계문학전집을 펴낸다. 인류가 무지와 몽매의 어둠 속을 방황하면서도 끝내 길을 잃지 않은 것은 세계문학사의 하늘에 떠 있는 빛나는 별들이 길잡이가 되어주었기 때문이다. 우리가 자부심과 사명감 속에서 그리게 될 이 새로운 별자리가 독자들의 관심과 애정에 힘입어 우리 모두의 뿌듯한 자산이 되기를 소망한다.

문학동네 세계문학전집 편집위원
민은경, 박유하, 변현태, 송병선, 이재룡, 홍길표, 남진우, 황종연

세계문학전집 203
루시

1판 1쇄 2021년 11월 5일
1판 4쇄 2024년 9월 20일

지은이 저메이카 킨케이드 | 옮긴이 정소영

책임편집 김수현 | 편집 김지은 김경은
디자인 김마리 최미영 | 저작권 박지영 형소진 최은진 오서영
마케팅 정민호 서지화 한민아 이민경 왕지경 정경주 김수인 김혜원 김하연 김예진
브랜딩 함유지 함근아 박민재 김희숙 이송이 박다솔 조다현 정승민 배진성
제작 강신은 김동욱 이순호 | 제작처 영신사

펴낸곳 (주)문학동네 | 펴낸이 김소영
출판등록 1993년 10월 22일 제2003-000045호
주소 10881 경기도 파주시 회동길 210
전자우편 editor@munhak.com | 대표전화 031)955-8888 | 팩스 031)955-8855
문의전화 031)955-1927(마케팅), 031)955-3560(편집)
문학동네카페 http://cafe.naver.com/mhdn
인스타그램 @munhakdongne | 트위터 @munhakdongne
북클럽문학동네 http://bookclubmunhak.com

ISBN 978-89-546-8275-6 04840
        978-89-546-0901-2 (세트)

www.munhak.com

● 문학동네 세계문학전집은 계속 출간됩니다